中公文庫

路上のジャズ

中上健次

中央公論新社

目次

路上のジャズ

野生の青春——「リラックスィン」

もう十年も前になるが、新宿のモダンジャズ喫茶に通い詰の頃、このレコードをよくリクエストした。デビスは文句なしにいい、と仲間の一致した意見ではあったが、デビスの何がいいかとなると、私はその頃も、このレコードを迷わずにあげた。ワン・テイクのためだろう、口笛さえもよい。デビスと組んだこの頃のコルトレーンもよい。「マイ・フェイバリット・シングス」を通り、「クル・セ・ママ」や「至上の愛」に、このコルトレーンが行ってしまうのか、と思い、音に入れ上げた男の〝青春〟が、このレコードにこもっている気になり、一層感慨深くなる。

十幾年前にジャズという音楽を聴きはじめ、最近になってやっと自分のステレオを買った。丁度三十歳になったばかりだったので、三十の誕生日とそのステレオのオープニングを兼ねて、この「リラックスィン」をさがしたが、どこにも売っていなかった。それで仕方なしに、デビスの、「ライブ・イン・トーキョウ」を買ったが、その中の〈イフ・アイ・ワー・ア・ベル〉には失望した。それ以降、「ライブ・イン・トーキョウ」は私の意地で、かけない。私が聴きたいのは、デビスとコルトレーンの在る「リラックスィン」である。いや、町にも出ず、モダンジャズ喫茶店に通わない今の私が、せめて聴きたいのは、彼らの〝青春〟の「リラックスィン」である。もちろん、町中で、外をうろつきまわっていた頃、聴いた曲を部屋の中に今持ち込んできて聴いて、これだ、と納得しないのは分かっている。ジャズは部屋に持ち込むものでなく、野生のものであり、「リラックスィン」を聴いたその頃の私も、野生だった。「リラックスィン」は私の〝青春〟でもあった。

Ⅰ　路上のジャズ

青春の新宿

十八の歳に上京したのだが、その東京に着いた次の日に電車に乗って出かけた町の中で入ったモダンジャズ喫茶店がいわば私の運命を狂わせた。その日以来私はそのモダンジャズという音楽にやみつきになり、毎日くる日もくる日も新宿へ出かけた。電車賃がない時は延々と歩いた。歩きながらそのうち物を考える癖がついて、小説家になったとも思うし、新宿のそのモダンジャズ喫茶店に集ってくる女の子らの注目を魅くために詩まがいのものを書きそれが昂じて小説を書きはじめたとも思う。いや、毎日新宿をほっつき歩いた五年間ろくな事をしなかったから小説家になった。

その当時新宿に幾つモダンジャズ喫茶店があったのだろう、ジャズが熱病のように若者の間にあった。アンダーグラウンドの劇や映画が出て来もしたし、新左翼と呼ばれた諸党派が街頭に登場した。私はそれをその当時の若者同様それぞれちょっとずつかじりはしたが、今思い出すのはあきもせず毎日モダンジャズ喫茶店に通い、睡眠薬や鎮痛剤を呑み、時おりあまりにジャズの音が耳にこもりすぎて便所に駆け込み吐いていた一等駄目な自分の姿だ。そのモダンジャズ喫茶店ジャズ・ヴィレッヂは歌舞伎町の朝日ビルの通りにあった。マネージャーからクスリに酔いすぎるので出入り禁止だと言われても、店の前へ行き、仲間らと一緒に麻雀をやりに行くか、金を持った仲間を見つけて麻雀屋の横の細い裏路を通って安食堂に飯を食いに行く。その歌舞伎町のビルとビルの間に出来た裏道を好きだった。裏道は迷路にも似ていたし、ちょうどジャズ・ヴィレッヂの裏の破れ穴から常連のたまり場が見えたので、出入り禁止の身である私はその穴から仲間を呼び出し金を借りもした。

新宿で長い事、昼も夜も遊び暮らそうと思うなら、店のボーイやバーテンをやっている人間と仲良くならねばならない。それは遊び暮らす仲間の鉄則だった。ボーイやバーテンは遊び仲間でもあったし、それにモダンジャズ喫茶のボーイとはなによりもジャズを好きでなくてはならない。マイルス・デビスのよさを知ったのはデビスを聴いてカウンターにしゃがんで涙を流していたボーイによるし、コルトレーンやアイラーへの仲間らの熱気も、毎月きまってレコードをかけるボーイの熱情によってもたらされた。

その新宿が突然つまらなくなった。それが何に原因するのか分からなかったが、新宿の街にデートにも買物にも行かない私らジャズ狂いのチンピラに、変に新宿がよそよそしくなった。新宿が諸党派の街頭行動の場所になることが多くなり警備陣との衝突で被害を受けた店の店主らが、自警団を組織したのはその頃である。私は足を洗った。三多摩の自動車工場に期間工に行き、それから羽田で貨物の積み降ろしをした。

仲間の消息も聞かなかった。

働きながらも書いていた小説で賞を受け、労働を辞めて筆一本の生活に入った。またぞろ新宿に顔を出す生活になった。ゴールデン街や西口でクタクタに疲れるまで酒を飲む。例の如く夜明けまでの深酒だった。店が閉り、その日は変にさめていてそのまま家に帰りたくなくて早朝の新宿をブラブラ歩いた。昔のモダンジャズ喫茶店など一軒もない。喫茶店で酔いざめのコーヒーを飲み、さて久し振りに電車で帰ろうと見ると、勤め人の群の中に昔の遊び仲間だった女の子がいた。外国映画なら両手いっぱい広げ、走って来る女の子を抱きとめるところである。女の子に男同士にかけるように声を掛け、お茶でものうと出て来た店にまた戻った。何をしているのかと訊くと薬剤師になっている、と冗談のように言う。仲間が次々足を洗う中で何人も死んだと女の子は仲間の名前を出して言った。涙の顔を見ながら、相変らず化粧が嫌いなんだなと私は独りごちた。

ジャズの日々

ジャズが毎日の生活だった、とは、家の中に閉じこもり原稿を書いている今から考えると嘘のような気がする。酒と薔薇の日々ではなく、高校を卒業して東京へ出てきた十八歳から、羽田空港で貨物運搬を飯の糧とする二十三までの五年間、ジャズと薬の日々だった。ジャズの何に人を狂わすものがあるのだろう、眼がさめると飯も食べず行きつけのモダンジャズ喫茶店に歩き、夜、また歩いて帰った。たとえばマイルス・デビス、今でも私は彼には駄目だ。涙が出る。その五年間が、私の〝青春〟の日々、自由の日々だった事もあるが、酒を飲み歩くついでにふらりと立ち寄った喫茶店で耳にすると、感情がこらえ切れなくなる。ジャズに誘われ、昔を思い出し、今を思い出し、涙がまさに体液のように出てくる。涙と書くと、やけにセンチメンタルになるが、そうだからしようがない。マイルス・デビス、それが、その時の私の支えであった事は確かだ。ジョン・コルトレーンもいま一つの支えであった事はそうだが、コードを喰い破り、音を喰い破り、「至上の愛」や「クル・セ・ママ」に至る彼には、私の文学のようなものを見ていた。いや、私だけではなく、その頃、私が好きだったジェイムズ・ジョイスを見ていた。音とは祈りである、とコルトレーンを見てそう思い、書くこととは祈りである、と私は、思った。祈りのように書くのではない。祈りのように書いて一体どうなろう。書くことは祈りだと思うのは、ズタズタに自分を切り裂き、骨をすら切り刻むという決意であった。

何度目かの姉の発作の時、私は東京にいた。丁度、雪が降った時だった。南で育った私には、空から降った雪が、地表で溶けもせず、積もり、ことごとくを白く隠してしまう事が、めずらしかったし、うれしかった。すぐ電話をよこせ、と電報が郷里から来た時、私は部屋にいなかった。郷里に電話をしたのは、一晩、新宿で遊び明かして帰った朝だった。電話で、母が、「手ェを切ってねェ」、と怒った声で言った。姉が、様子がおかしくなり、手首を切った、と言った。マイルス・デビスをその時も聴いた。東京にいて、私はマイルス・デビスを聴いている。デビスのスウィングするジャズは、ざわざわする心を鎮めてくれる。「リラックスィン」がデビスの中で一等、好きだが、その頃、コルトレーンとデビスのかけ合いを、姉と弟とのかけ合い、兄と弟との問答のような気がしたのだった。

ジャズを私は、黒人だけのものであるとは思わない。もちろん、ジャズの発生からの歴史は、アフリカから奴隷として売られてきたという黒人の特性を抜きにはなりたたぬが、日本にいて、東京のモダンジャズ喫茶店にいる私に、そのジャズは垂直に入って来た。ジャズは普遍だ、いや、ジャズは私だった、そう言ってもよい。今もそうである。酒を飲んでうたう演歌がシャレた都会風のもので、ジャズが、私には、根の生えた自分の血のような感じがするのである。その時から何年も過った今、滅多にモダンジャズ喫茶店に足を運ばなくなった。ハービー・ハンコックが何をつくったのか、マル・ウォルドロンがどんなのだったのか、忘れてしまった。いっそのことジャズなどすべて忘れたい。マイルス・デビスが支えだったなどということは恥以外何ものでもないのである。そう私は思う。

十八から、二十三まで、ジャズを聴いたのは、新宿の「ジャズ・ヴィレッヂ」という喫茶店だった。ジャズが生活の隅々にまで入っていた私には、ジャズを語ることすなわち、「ジャズ・ヴィレッヂ」という場所を語ることであり、仲間を語る事であり、〝青春〟を語ることでもある。自由の中身を語る事でもあると言える。その頃を、小説に書きたくない。何故だろうか？　と思う。二十二、三の頃、「灰色のコカコーラ」という小説を書いたが、それで書き尽したと思っている訳ではない。私には、その頃がまだ見えないのである。

「灰色のコカコーラ」に次のように書いている。

〈比呂志は左腕をまくりあげ、右手にもった煙草を深くすいこみ、先が赤く熾ると唇をつき出してけむりを吐き出し、左手の手首にそれをくっつけた。「じゅうしいちいだなあ」

薬で神経をやられてしまっているので皮膚は鈍い熱を感じるだけで、皮膚が煙草の火によって焦げ、死ぬ。比呂志は煙草をはなし、ふたたびけむりを深くすった。ロビンがぼくの耳たぶに唇をくっつけ、息をふきかけながら、「狂ってるわねえ」と言い、歯をかくしてわらった〉

今となっては恥であるが、私の腕にも、十幾つの煙草の跡がある。煙草の跡ではこんな事があった。羽田で働いていた頃、忘年会を兼ねて同僚たちと一泊旅行で、群馬の老神温泉に行って、呼んだ芸者の一人の手の甲に、煙草の跡があるのを見つけた。「どうした?」と訊いたが、答えなかった。煙草の跡は消えてない。恥の跡でもある。「灰色のコカコーラ」にはこうも書いている。

〈便所の中に入り扉をしめると急にジャズの音が遠のき、両耳がつぶされてつんぼになってしまったように感じた。風邪をひいてでもいるように喉がいたく腕の関節が熱かった。扉に内側から鍵をかけ、森は塩酸エフェドリンのアンプル三本と注射器をとりだし、まず便器の中にたまっていた水をノブを引いて流し、手ですくって飲んでも良いような透きとおった新鮮な水に代えた。森は注射器をそれで洗った。「左手」と森が手馴れた外科医のように、アンプルから液体を注射器に吸入させながら命じた。「まくらなくては駄目だ」ぼくは森の指示どおり左手をさし出し腕をまくった。痛みがわきあがった。左手の手首の傷口に塗りたくったヨードチンキが赤黒くかたまり、包帯を皮膚にこびりつかせていた。包帯をとると昆虫の体液のような薄汚れた血が傷口から出てきた〉
森はどこへ行ったのだろうか、ヤスはどこへ行ったのだろうか、と思う。ヒコは、テツは、リキは？　その頃もそうだったが、今もデビスを聴くと胸が苦しくなる。ジャズは私の傷口でもある。

路上のジャズ

長い間、子供用のプレイヤーで、二枚一組になったバッハのブランデンブルグを聴いていた。来る日も来る日も、新宿のモダンジャズ喫茶店でジャズを聴き、遊び暮らすという生活から足を洗い、丁度、羽田へ勤めていた頃である。

羽田で働いていた時代、その子供用のプレイヤーで聴くバッハは、逆説でも何でもなく、私に音楽というものを教えた。音楽とはこんなものだ、と教えた。それはモダンジャズ喫茶のステレオ装置とは段違いに、音は薄く、貧しく、そのバッハはそれ故に、音でごまかされていた音楽の中味が、聴く私に伝わる。音楽の骨格、と言い直そうか？　その骨格とは別に、私がジャズの毎日から足を洗って後、ブランデンブルグ一組を持って、それを、仕事が終り、家に帰って聴いたわけは、ブランデンブルグという曲の特殊性による。「プレイバッハ」や「ブランデンブルグゲイト」とジャズ化されたバッハであるがその白人化された、漂白されたジャズ、いや漂白されたバッハにないバッハが、私の一組のバッハにあった。

十八でジャズの毎日をおくる前に私はクラシックが好きだったこともあるが、羽田の時代、同人誌仲間で、「髪の花」の作家、小林美代子さんが自殺したのだった。その葬儀の日、発作的に音楽を聴きたいとバッハを買ったのだった。子供用のプレイヤーで聴くバッハは、ちょうどサーカスで演奏される曲のようにもの哀しかった。鎮魂とは、自分で覚悟して死んだ小林さんの為ではなかった。生きのこっている者の為だった。私のぽっかりあいた体の穴に、浅く薄くキイキイした音は響く。その音を追いかけ、また別のキイキイ音が鳴る。そのキイキイ音の重なりの向うに、光が当り、風が吹き、色が変る完全無欠の、あの高村光太郎が山てんで聴いたバッハが鳴り響いている。今から思えば、何故、バッハではなく、ジャズを聴きたいと思いつかなかったのか、と不思議に思う。ジャズ、例えばコルトレーンの「クル・セ・ママ」であってもよかったのである。

最近、私はステレオを買った。子供用のプレイヤーで聴いていた為、バッハは、傷だらけのバッハであるが、そのバッハには不満はない。問題はジャズである。コルトレーンもマイルス・デビスも、その音、その響きなのに、私にはそれら自分の室内に持ち込んだものが、コルトレーンではなく、マイルス・デビスでない気がするのである。何故だろうか？　と思う。クル・セ・ママ、とコルトレーンが、コードを喰い破り、音を喰い破り後はそう祈るしかないと、歌う、祈りも、祈りには聴こえない。例えば「オレ」という曲である。私はこの曲が好きだった。ベースの音が鳴りはじめるたびに、私は、自分の血がざわめき踊り出し、モダンジャズ喫茶の壁と私の体が溶け合うような感じがした。だが、私の部屋の中に持ってきた「オレ」は、私に何も言わない。何も伝えてこない。「オレ」は、それこそ評論家の死体解剖の餌食にされてしかるべき作品のように思える。ジャズはモダンジャズ喫茶店で聴くものである、と言えば、いいだろうか？　路上で聴くものだと言おうか？　町中のジャズ。ジャズは野性の物であって、自分の小市民的生活の背景音楽になど似合っていない、と私は、ステレオを買って初めて分かった。

ジャズは、単に黒人だけのものではなく、飢えた者の音楽であると言おう。それが誤解なのかも知れないが、ロックは、小ブルの物のような気がする。一般論としてではなく、少なくとも私がそうだった。例えば、アルバート・アイラーを聴く。スウィングを無視したそのサックスの音のうねりから、貧しくて腹一杯飯を食うことも出来ずにいる少年が見えると言うと、うがちすぎだろうか？　例えばニーナ・シモン。毎日毎日行っていたモダンジャズ喫茶店「ジャズ・ヴィレッヂ」で、ニーナ・シモンがかかるのは、深夜に切り替った時だった。一晩中ジャズを聴いて、電車が通り始める朝を待とうと、ドアを開ける。冬の寒い夜だった。ヒーターの熱気が襲って来た。そこは決して、〈家〉ではない。だが、私は親和力の漲ったところに飢えていた。ヘレン・メリル。そのアメリカの中産階級の象徴のようなハスキーな彼女さえ、飢えた者の味方としてあった。

　路上のジャズ、野性のジャズを聴くには、町が要るし、その飢えた心が要る。語るにしてもそうである。

「ジャズ・ヴィレッヂ」は、新宿、歌舞伎町の朝日ビルの通りにあった。そこを知ったのは東京へ上京して来てから二日目のことだった。一日目、一緒に上京した同級生が私を、二幸裏の店へ連れて行った。その店で、私が丁度駅の売店で買ったスポーツ新聞を広げて読み始めると、同級生は、誰も新聞など読んでいないと言い田舎者だと思われるから止めろ、と言った。今思うと滑稽だか、同級生は、その店のクラシックを聴くように黙り込み、眼を閉じ、腕を組んだ客から、言って見れば、ジャズが都会、近代のものと思ったのである。ジャズ・ヴィレッヂは違った。そこは都会ではなく単なるゴミ溜めだった。近代ではなく、ジャズのかかった今に他ならなかった。その日、十八歳で上京して学校の試験を受けるでもなく、ただ他の者が東京に来たからついて来たというだけの私は、転がり込んだ友人の下宿へ帰らず、一晩中ジャズを聴いた。リキというチンピラが、新参者の私を冗談半分に面接したのは、深夜に切り替る十時近くだった。リキが手招きした。私は面白そうだからと席を立って、そのチンピラたちの方へ行った。リキが何と言って因縁をつけたのか忘れたが、喧嘩をしそうになり、止められ、「個性がありそうだから」と、常連になることを認めてやる、と言った。馬鹿げた話であるが、その時はそう思わず、そのまったく勝手に鳴り響くジャズを聴く店にありそうな事だと思った。不協和音。音と音がぶつかり軋むのが不思議だった。自由な気がした。その自由が一等気に入った。そうだ自由だ、私はその言葉から、ジョン・コルトレーンを思い出す。いや、いつ頃からか、ジョン・コルトレーンを聴くたびに、アイルランドの作家、ジェイムズ・ジョイスを思い出した。その軌跡がよく似ていると思った。マイルス・デビスと組んだ頃のコルトレーンは、「ダブリン市民」の頃のジョイスで、そこからコードを喰い破り、音を喰い破って「至上の愛」「クル・セ・ママ」へ、一方は「ユリシーズ」「フィネガンズ・ウェイク」のあの言葉へ、という具合にである。ジャズの自由、コルトレーンの自由、いや発語する者の自由とは、切っても血が出る自由なのである。一切の概念から音や言葉を解き放つ。

その日から足を洗うまでの五年間の生活の全てにジャズが入っていた。毎日、「ジャズ・ヴィレッヂ」に通い、常連のチンピラ達と何をするにも一緒だった。めちゃくちゃな生活で、いわゆる今、流行の〝限りなく透明に近いブルー〟などではなく、ジャズの毎日は精液のように、一タブレットの催眠薬の錠剤を嚙みくだいて水で飲むその色のように白濁していた。私もそうだが、ジャズ・ヴィレッヂの連中は、言ってみれば逃亡奴隷のようなもので、ジャズを創りジャズを支えた黒人の状態に似ている。一世代遅れた埴谷雄高言う〝ロックとファック〟の時代には、そんなものはない。一つ通りの向うのモダンジャズ喫茶店に、永山則夫が、ボーイとして働いていた。永山則夫が、連続ピストル射殺事件の犯人として逮捕されて、それを知った。もちろん、そのジャズ・ヴィレッヂ界隈にうろつく者すべてが、永山則夫のように、家そのものが壊れ、家族がバラバラになり、貧困であえいでいたのが、東京の新宿へ流出してきたという訳ではないはずだが、私にも常連も、その後を振り返っても壊れた家があるだけだという形は、他人事とは思えなかった。この永山則夫と、ロックとファックの時代の申し子たる村上龍をくらべて見ると、その差がはっきりする。ロックとファックの申し子のメチャクチャは、小ブルのもの分かりのよい両親と賢い妹という家族、感性の基盤にまで及んでいるわけではない。だが、永山則夫は出立して来た家族そのものが壊れているのである。

コルトレーンは、そんな聴き手のリアリティーに支えられて、コード進行から自由になり、音の消えるところまで行く。自由とは、疎外され抑圧され差別されることからの自由であり、ジャズの持つ黒人というアメリカのマイノリティの音楽という特性からの自由である。黒人という特性から出発して、特性から解き放たれる、と私はコルトレーンのジャズを聴きながら思ったのだった。

特性からの自由、それは机上のものではなく、頭でだけ考えたものでない、切って血が出る自由である。コルトレーンのジャズを聴いて、音とは、文章と同じように肉体であると思った。

昭和四十一年、丁度ジャズを新宿で聞いている最中に、こんな詩まがいのものを書いている。

4

一杯のコニャックが体を酔わせ、アドバルーンに入った思想を心地よく、風になびかせる。持ち運び便利な知識、なんとゆかいな現在だろうか。ラッキーボールの穴に転がり込んだ俺自身の挫折、みじめったらしいコークの滴のように若者たちは涙を流す。人には感じまい、焚き火のなかにほうり込まれた処女の片腕なんか。

ＪＡＺＺ、ＪＡＺＺ、ＳＯＵＬ、ＪＡＺＺ、響け、叩け、ドラム。小人族の戦の踊りのように、何万人も死んだあの未来のために。

一杯のコニャックは体を震わせる。初恋のようなイマージュにくるまれた俺の現在を、棘をたて、ひき裂こうとする。

5

人間というものに知恵があったとしたら、この騒音にひしめき馴らされた犬どもをどう説明するだろうか。一瞬の宏大な共生感を持ちあわせ、震える虚栄の響きと共にしのびよる清潔な手。口笛を吹きながら、この不幸のために充実した群像に形而上学を求めるのは虫がよすぎる。

にじんで溶けてしまうコーラの悲しみと、詩的イマージュに愛撫されるドローランの快楽は、熊野川のように冷たく凍りつくべきなのに。雨あがりの空が、天平期の郷愁を感じさせるように、リズムに酔った現在を狂わせている。

7

ジョージの車でと笑った女は、ボサノヴァに乗って天国へ向かおうとする。らりるるれれと興奮する煙草のけむり。

ハンターは酔っぱらいの大量生産を始めた。嘆くではない月よ、キーツの思い出を消せ。あの一瞬に咲いた梨の花をそっとしてやろうではないか。

8

女はギリシャ神話を指の先でもて遊び、永遠に回復せぬ浪漫の世界を恋うた。人間ではなくなったと嘆く若者は、時間をなげ捨てた口唇の先で、虚しさをすった。

首のちぎれたはく製の鴨、鎖につながれた俺自身の感傷。

女は百万回欠伸をもらし、マックス・ローチの主張に抗議した。黄色のラムプはたまり場の若者たちに産毛をほどこす。あの小さなピーターパンの恋人は、足をなげだし、五十錠のひざに体をあずけている。灰色に踊る煙草のけむりは影の中に俺をとりまこうとしている。

9

光が街をおおっている。人間と言う生物の嘆きの符号が、雑踏の中に消え去る。絶対無限大はあのビートニクから発生した。

雨あがりの昼、舗道が光の帯をつくり輝く。枯葉が落ちのこり、雨つゆを吸って風にゆれている。遠くを電車が通りすぎた。ＪＡＺＺの響きをかすかに残し、俺は雑踏の中を、駅にむかって歩いた。

こう書き移して自分が十九の時から、自分の肉である文章、文体が変っているのを知る。自分がコルトレーンと同じ道を踏むとは思わないが「クル・セ・ママ」や「至上の愛」さらに「惑星空間」のコルトレーンは、マイルス・デビスと組んだ頃の自分のジャズをどう思っていたのか、訊いて見たい気がする。いつも、そのジャズ・ヴィレッヂの前に来ると、ドアを通して外にまで、ジャズが聞こえていた。その路上のジャズは、どんな解説も解釈も歯がたたない生きものだったと、私は自分のステレオで流れるジャズに絶望しながら思う。確か、二十歳までを生きると書いたのは、永山則夫だった。

今、ジャズは爆弾のような気がする。

ホワイト・オン・ザ・スノー

一等最初に飲んだウイスキーがサントリーのホワイト。人に訊かれ、そう答えると、柄にあわないとでも言うのか、へーッと驚き、どんな失敗をしでかしたのか、と皆が皆、一様に身を乗り出す。その時は芳紀十八歳。失敗したのではない。私から言えば大人への通過儀礼のようなものであった。その通過儀礼の一部始終を述べるには、まず私のバックランドを識ってもらわねばならない。なに、ここで文学を始めるわけではないから、芳紀十八歳の少年は、南国の雪なぞ見た事もない土地に生れ育った、とだけ頭に入れていただければよろしい。

紀伊半島の先、新宮というところが、その少年の故郷だが、ここは雪が降らない。一年に一度の火祭りのある二月初め頃、土地は一等冷え込む。一天にわかにかきくもり、あれはどう見ても雪をもたらす雲だ、と胸さわぎ、天をあおぎ見て待ちこがれている。しかし雪は降らない。十年に一度くらい、天をあおぎ見て胸さわぐ少年らを、天の誰かが憐れに思《おぼ》しめして、雲の間からバラバラとやるが、これも名料理人が素材のうまみを引き出す為に指でつまんでふりかけるカクシ味のようなもの。それでも土地の子供らは雪だと騒ぎ立てる。灰色の空から雪はきらきら光りながら、舞い落ちる。ほとんどは中空で消え、たまに広げて待ち受ける掌にまで届いたり、一緒に遊ぶ子の頭や頬にくっつくが、これも夢幻のようにかき消える。

それが忘れもしない、芳紀十八歳、東京へ出て来て二日目に、雪というものに遭遇したのだ。これも故郷の火祭りの後だった。

私は突然、家を出て、東京に来たのだ。というのも故郷新宮での火祭りは、土地の男らにはリオのカーニヴァルに匹敵するくらいの魅力と宗教的な意味がある。白装束に身を固め、荒縄を腹に巻き、タイマツを持って土地の神社に参拝し、神倉山に登り、そこで待つ事、小一時間、神火をもらい、急な石段を駆けおりるという単純至極な祭りであるが、酒が入り、男だけの祭りであり、一年に一度という事も手伝って、爆発的な昂揚がある。抱えているのがゲバ棒同様のタイマツであり、しかもそれに火をつけるのだから、若衆らに喧嘩をするなと言っても無理である。また、若衆らの荒ぶる行為が一年の悪厄を遠ざけるという意味もあるから、火祭りの日は下の町でも、神倉山の神域でも無礼講となっている。祭りは爆発的にクライマックスをむかえ、祭りに参加した登り子らは夜の昏りに慰藉されるように方々に散開する。

祭りの次の日は、きまってかなしい。胸がせつなくなる。あんなに楽しく昂揚していたのに、次の日は、誰も火祭りなぞなかったように、白々としている。町は荒ぶる力の若衆のものではなく大人のものだ。それで、芳紀十八歳の時、ふらっと家を出たのだった。

もちろん、高校を卒業する時期だったから、心づもりはしていた。それぞれの教科の担任に単位をくれるかどうか確めていた。成績は最下等の方だが、単位はある。出席日数も足りる。私は駅前の鞄屋でバカでかいボストンバッグを買い込んだ。あり合わせの服をつめ込んだが、バカでかすぎるので隙間だらけだった。それで、汽車に乗った。東京に着き、高田馬場にあった柔道部の先輩の下宿に転がり込んだのだった。

着いたその日は、何がなんだか分からなかった。先輩に連れられ、電車に乗って繁華街に出かけ、やけに騒々しい音楽を鳴らす喫茶店に入ったが、それがどこなのか、何という音楽か分からなかった。ただ、やたらに寒かったのを記憶している。

次の日、朝からくもっていた。先輩はどこへ何をしに行くとも言明せず、ただ用事がある、と外に出かけ、私は下宿に放って置かれた。昼になっても日が昇らず、寒い下宿にいたたまれず、ごく自然に、私は外に出た。足は当然のように前の日、先輩に連れられて乗った電車の駅に向い、前の日と同じ場所に行こうと電車に乗った。

ここだ、と気づいて電車を降りた駅が新宿。人混みにまぎれながら前の日の道をたどった。しかしどこをどう間違えたのか、いつまで経っても前の日と同じ喫茶店の前に出ない。ビルの角をまがり、すこし歩くと、音が聴こえて来た。前の日と同じ音だ、と気づき、店の前に立ち、店の看板に目を凝らす。英語で、JAZZ　VILLAGE。私はちゅうちょなく中に入ったのだった。

鳴っていたのは、まぎれもないフリージャズだった。当時の仲間は後になって、私の事を、スットンキョウな高校生が飛び込んで来た、と思ったと言う。というのも、私は高校の制服を着ていた。つまり、東京は南国生れの少年にはあり合わせのセーターだけでは寒すぎた。これも後になって知ったのだが、当時の「ジャズ・ヴィレッヂ」は不良少年、非行少年のたまり場だった。少年鑑別所を出たばかりの連中や家出して人の部屋を転々としている類が、行き場がないからそこに集まる。「つまんねェな」「なんか面白い事ないかな」と額寄せあって相談し、少年らのやる事は、たとえばチンピラ狩り。東洋一の繁華街と言う歌舞伎町で、威勢のよい地廻りの若衆を見つけ、理由なしに喧嘩を売り、理由なしに殴る。地廻りの方は組織に属すから、ヒット・アンド・ウェイを繰り返し、喧嘩を退屈しのぎにする不良、非行少年らに手を焼く。

芳紀十八歳の私は、そんな連中の中に、高校の制服姿で飛び込んだのだった。すぐ、退屈しのぎの手がのびる。フリージャズのがなり立てる奥の暗がりに陣取っていた常連の一人が、私を呼びに来た。中のボスらしい少年、クスリで酔った口調で、クスリに酔った女の子を抱えたまま、何をしに来たのだ、どこから来たのだ、と、自分が警察や大人にやられたような質問を繰り出す。私の方は南国育ちだから、東京の十八歳ならすくみあがろうものを、何ひとつピンと来ず、紀州弁で、素直に火祭りも終った事だし、東京へ出てこようと思っていたから、東京へ来た、とトボけた事を答えている。

何が連中の気に入ったのか、リキという名の少年が、「面白れえよ。仲間に入れてやるよ」と言い出す。それから二時間ほど、彼らが暇つぶしに、ただのマッチ棒を賭け金にしてやるオイチョカブを見ていた。今から思うに、フリージャズを聴くのに最良の環境に私はいたのである。後々、ニューヨークのヴィレッヂ・ヴァンガードやブルーノートで何度も本物のジャム・セッションを聴いたが、レコードを廻すだけのこのモダンジャズ喫茶「ジャズ・ヴィレッヂ」の本物の、なまの、生きているジャズには及びもつかないのである。

その連中、オイチョカブにあいて、外に遊びに行こうと言い出した。入って来たドアを開けて外に出て、驚愕の声を出した。今まで眼にした事も触った事もない雪が降っていたのだ。雪は大きくぶあつく灰色の雲がちぎれたようなかたまりになって後から後から降り続け、すでに道路も屋根も雪でおおわれているのだ。私の驚きに仲間になったばかりの不良や非行らは驚き、雪が初めてだという私を面白がる。ただ連中、素直でないので、雪合戦しようとか、雪ダルマつくって遊ぼうとは言わない。「雪なんてよォ、氷と一緒だろ。食い物だよ、食い物」その仲間の言葉で何が始ったのか、一人は店の中へ戻り、ボーイが客の注文を取りに行っている隙にカウンターからウォーカーをくすね、リキ、テツ、ソメヤ、モリ、さらにルリコ、ジュンコ合計七、八人いた人数では一杯も廻らないと、二人、酒屋に走った。連中、もちろん、ウイスキーを買う金なぞ持っていない。酒屋に飛び込み、一人がウダウダと店員に言っている隙に、一人がさっと飾り棚からウイスキーをくすねる。ウダウダの役は新入りの、トボけた、雪に興奮した南国生れの私だった。サントリー・ホワイト二本、まるで魔法のようなあざやかさで、寒さでふくらましたジャンパーのふところに入れる。私は雪に興奮し、ホワイトをくすねる手口に興奮し、「おまえ、演技うまいよな」とほめられるほど、ウダウダわけのわからない事を口走っている。

酒屋からくすねたホワイト、カウンターの中からくすねたウイスキーを並べ、店の中からグラスを借りて、不良、非行、不良新入りの私らモダンジャズの喫茶店の前にズラリ並んで、言わばホワイト・オン・ザ・スノーとでも呼ぶしかない雪割りウイスキーを飲む。私は十八歳だった。仲間も似たりよったり。夢のような記憶である。通行人らの冷たい視線をものともせず、雪の寒さにふるえながら、ホワイト・オン・ザ・スノーを飲んでいる私らは、ダンディーではあった、と思う。その日から、モダンジャズ喫茶「ジャズ・ヴィレッヂ」に入りびたる私の青春の日々が始ったのだった。

ジャズ狂左派

十八歳から二十三歳の終りまで、都内のどこに住んでいようとあきもせず毎日顔を出していたモダンジャズ喫茶店が、新宿の繁華街の歌舞伎町にあったものだから、私の方は、再訪どころか、遊び暮らす生活から足を洗ってからもちょくちょく近辺を歩き廻り、その都度、ただのビルだったのがピンクサロンに変ったり、おとなしい喫茶店が満足度一二〇パーセントと謳ったノゾキ喫茶に変っているのに驚き、過ぎ去った昔をなつかしむなどという気持ちはスッとぶ。何回足を運んでも風潮に合わせて店は変っているのだった。

たぶんアジア一、いや、世界一だろう繁華街のいささかどぎつすぎるほどの商魂のたくましさに感嘆し、ふと、このように風潮に合わせて営業品目を変える気力があったからこそ、今はトルコ風呂に姿を変えて面影などみじんもない「JAZZ VILLAGE《ジャズヴィレッヂ》」があの時ここに存在したのだろうと納得する。

あの時、私の十代の終りから二十代のはじめ頃、モダンジャズ喫茶店は今、林立するノゾキ喫茶やビニ本書店のようなただの流行にすぎず、客の少年らがモダンジャズからどう影響を受けようと、知った事ではなかったのだ。他の土地と違い世界一の繁華街はまさにタフな経営者と次々世代交替するタフな客との力関係で持っている。

新宿で遊んでいる少年らが、歌舞伎町が変った、新宿の人情が変ったとはっきり気づき、口をそろえて「つまらんよ」と不平を言い出した頃を覚えている。

それまでも私の遊び仲間のジャズ狂らは、三越デパート裏あたりにあった「凮月」という大きな芸術家のサロンのような喫茶店に行って露骨に客や店員からイヤな顔をされていた。こちらは一向に気にしなかった。むしろ、こちらを見て、JAZZ VILLAGEから鼻つまみ者らが店にイヤガラセに来たという顔が愉快だった。

店を入ると二階に陣取り、注文を取りに来た女の子にリクエストがあるからと、横文字でフリージャズの一等前衛的な奏者の名と題名のメモを渡す。しばらくして女の子が戻り、レコードがないと伝えると、「古典音楽をもったいぶってかけている。ここにあるはずがない」と、店と客を馬鹿にして大笑いし、オイチョカブをやる。睡眠薬を飲んでラリラリになった者がコップの水をわざと二階からこぼす。火のついたマッチ棒を落とす。

こうやって何度も、ジャズ狂の連中は「凮月」の客や店員からつまみ出されていたが、新宿騒乱事件の頃から、事態ははっきり変ってきたのだった。

ジャズ狂の連中が「つまらんよ」と言うのは幾つも理由があった。「ジャズ狂の連中、即、出入り禁止」という店が多くなり、それまで、取りなしてくれていたボーイやウェイトレスが急に冷たくなった。当の拠点にしていたJAZZ VILLAGEが新たに流行しはじめたロックの店にイメージチェンジして、露骨に新たな客層を導入しようとしてロックをやりはじめた。

女の子の親が来てここは不良と非行の巣窟だとなじっても耳も貸さなかった店のマネージャーが、手のひらを返すように店の中でクスリを飲んだ、喧嘩をした、壁に落書したと理由をつけて常連のジャズ狂を次々と出入り禁止にしはじめたのだった。

「つまらんよ」と言い合っている者らは、そう言いながらも急に変ってしまった繁華街やJAZZ VILLAGEを離れる気もなかった。「あれは面白かった」と口をそろえて新宿騒乱事件を言う。

というのも、モダンジャズが過熱ブームの頃、JAZZ VILLAGEのジャズ狂連は、学生運動の党派のように敵対し憎悪し合うとまで行かなくとも、フリージャズの影響を受けてか、それとも新左翼の運動に直に影響を受けてか「ジャズはジャズだ」と実にまっとうな意見を吐く派と、新左翼に接近し、日ごろはJAZZ VILLAGEに集まりジャズを聴いていて街頭闘争があると見境なしに人を集めて党派の戦闘部隊にもぐり込む派に分れていた。私もその新左翼に影響を受けた方の派に加わっていた。

コルトレーンしかない、アイラーしかないという同じ志のジャズ狂四人と組んで「ジャズはジャズだ」という一派の言いたてるジャズはジャズでも何でもないとせせら笑い、わざわざ法政大学の部室まで行ってワラ半紙を調達し、謄写版を借りて、今読んでも何を言いたいやらさっぱりわからぬパンフレットをつくり「新宿反戦直接行動委員会」と称していたのだった。

当時は直接行動という四文字が入っている事が誇らしかったし、今もって事実かどうか分らぬが、パンフレットを発行してすぐに、正体不明の新宿を拠点とするアナーキズムに影響を受けたグループとして公安のブラックリストに載っているらしい事も自慢だった。何を誇りにしたり自慢したりするほどの事があるのだろうと齢若い頃の自分を苦笑するしかないが、当時そのジャズ狂左派から見れば、反戦デーが荒れて、新宿構内や駅の周辺で石を投げ、車をひっくり返し、放火したりして騒乱罪が適用された時ほど、面白いめにあった事はなかったというのだ。新宿という遊ぶ事なら何でも用意するようなディズニーランドのような街の面目躍如の事件だった。あれがフリージャズだ、とジャズ狂の一人がつぶやいた言葉に誰も異論はなかった。つまり学生でないジャズ狂の連中、学生らで組織された党派に不満を持っていた。

その時も、それまで、一緒に機動隊と追いつ追われつしていたのが、騒乱罪が適用されたというニュースが伝わると、党派の学生は難が後々にまで及ぶのを怖れて水が引くように姿を消し、残ったのは新宿に朝からやって来て「JAZZ VILLAGE」でジャズを聴いているジャズ狂左派の面々と、店の終った後、姿を見せたボーイやウエイトレス、ヤクザ。

酔ってうっぷんばらしのように「バカヤロー、おとつい来い」とどなっているウエイトレスはキラキラ光る眼で私を見て、「石、投げてやりなよ」と、催涙弾のけむりの向こうに黒々とかたまった機動隊の群をあごで教える。催涙弾を雨あられと撃ちまくる機動隊に対峙し、ひるまないのは、新宿を拠点にした者ら、新宿っ子とでも言うべき者らばかりだ、という事を知っていた。だが、その日を境に新宿は変ったのだった。後になってその頃の仲間の何人もが自殺しているのを耳にした。

人でごった返し呼び込みが声をかけるタフな新宿の街を歩いていると、本当にジャズがきこえる気がし、満足度一二〇パーセントが決して嘘ではなかったと人に声を掛けたくなる衝動が起る。

鈴木翁二　ジャズビレ大学卒

年若い頃に出会った人間について書こうとするならまず何よりも自分自身を再現してみなくてはならない至難の技を要求される。〈ぼくは二十歳だった。それが人の一生で一番美しい年齢だなどと誰にも言わせまい〉というポール・ニザンの「アデン・アラビア」を、本屋で見つけて買い求めて読んで、感激していたと、今の私から想像して誰が信じようか、と思う。自分自身でも信じ難い。

その一節すら、もうすでにはるか昔、忘れていた。年若い頃、出会った人間、ここでは鈴木翁二だが、彼について、書く、あるいは物語ろうとすると、その年若い頃を再現しなくてはならない。翁二が、ああだった、こうだったと、取りあえず書かねばならない。それが苦痛なのである。

人は私の言わんとする事を分ってはくれぬかもしれぬが、翁二について書く事、すなわち、翁二の生きた場所や時代を書くことになる。それが苦痛である。過去というより、ある程度の損傷で通り抜けたその自分の二十歳いや青春を振り返ってみる事になる。

その昔、青春という言葉に反吐が出る、と思った。出会う人間、出会う人間につっかかり、人を軽蔑し、嫌悪し、人に嫌悪された。俗物だらけだと思った。ジュネ、サド、セリーヌしかないと思い、足穂を激賞し、文壇の賞をもらうや文化スノッブに仲間入りをしたと、罵倒するのは、今、三十二の私ではなく年若い頃の私である。

登場したての新左翼のデモに加わり、なにしろすべてを破壊してしまえと思い込んでいたのは私である。覚えている。第一次羽田闘争で、死者を出した日、デモから一人もどり、その頃、昼も夜も行っていたモダンジャズ喫茶店の前に、見知らぬ顔のやせた黒のタートルネックの薄いセーターにジャンパー姿の男がいた。そこでクスリをのんだのか、それとも以前に羽田からの帰り道、クスリをのんだのか、連中にラリったまま、どうして人が死んで平気な顔をしているのかとなじった。

一カ月後の第二次羽田闘争に、そのモダンジャズ喫茶店の常連の中から、私とあと一人、出かけたが、その時も、黒のセーターの男は行かなかった。それが鈴木翁二である。その新左翼のデモに刺激され、そのモダンジャズ喫茶店のメンバーから二十名ほど組織して「新宿反戦直接行動委員会」なるものをデッチあげたが、翁二は一度もその集まりにもデモにも加わってない。翁二は、ブンレッツとあだ名され（あだ名をつけたのは政治無関心にいらだった私だが)、正直、私から見ればフラフラと、ジャズを聴いて熱狂するでもなし破壊、反抗即ち政治というあの頃の動きに同調するでもなく、翁二は、だが、その私らのそばにいた。そう言い切ってしまうにはためらいはあるが、今から思えば、熱狂は、仮りの姿だった。

翁二が、漫画家としてデビューした頃も知っている。それからまた何年か、時間が流れた。

翁二よ、いや、ブンレツよ。ジャズビレッヂの常連だったソメヤが死んだってよ。狼少年のケンにきいて、このあいだ、仕事相手の編集者と行ったスナックで、カオルとテツにばったりあったのさ。ソメヤは、ヒッチハイクしようとして、ダンプカーにはねられ、病院に入り、なおって退院してから腸ねんてんで死んだって。腸捻転。あの時のオイラたちにふさわしい死に方さ。リキは唐津で、スナックのひきがたりをやってるって、これは、ヒデに聴いた。ヒデは子供が三人いるって言う。女房は、マリコ。一時期何やるにも一緒であいつら男同士で出来てるんじゃないかとからかわれた俺の相棒のヤスは、麻薬でパクられてから、しばらく劇団に入っていて、沖縄へ流れていったって。

アトムから手紙きたが、小説書いてもうけたろうから金をかせという文面に腹たって、手紙をひき破いてやった。そのソメヤの死に様を教えてくれたカオルが、少年院出やムショ帰りや喰いつめ者ばかりで、ろくなやつがいなかったな、とつくづく感心すると言っていたが、俺には、かけがえのない所さ。

鈴木翁二、ジャズビレ大学卒。

二十代の履歴書

来る日も来る日も、ジャズばかり聴いていた時期があった。それが五年間ほど、続いた。ジャズを聴いた店を、思いつくままにあげれば、「ジャズ・ヴィレッヂ」「ヴィレッヂゲイト」「DIG」「木馬」「ニューポニー」「ヴィレッヂ・バンガード」「ビザール」「キャット」「アカシア」

ジャズが好きでたまらない。コルトレーンが好きでたまらないと思った。

西武線沼袋に住んだ頃は、いつも歩いて新宿まで出た。職なしのチンピラ風の、彼らや、オイラが、スケアな奴を尻目に、たとえばコルトレーンを、アイラーを、ある時はデビスを、スキャットしながら町を行く。金を持っている時、駄菓子屋で、パンを買った。コロッケを買った。それを食いながら、歩いた。マリワナ、エフェドリン、ハイミナール、ドローラン、ソーマニール、ナロン、くすりは手に入る限り、なんでもやった。しかし頭も体も狂いはしなかった。くすりのようなジャズ、知りたての女の、よがり声のようなジャズ、注射器にすいあげられた血のジャズ、魂のジャズ。

ソメヤという男が、沼袋のオイラの部屋に居ついていたことがあった。双方、女を連れて舞いもどった時は、気をきかして、フけた。ほんの二、三日前、その男の消息がわかった。死んだ、と昔の仲間の一人、テツが電話で言う。たしかに、正式の、世間様向けの履歴書には書けないその五年間ではあった。まっとうに、生きたい、と思う。

世間様向けではなく、昇って沈むお天道様への、まっとうだと言おうか？　足を洗って以降、ジャズを聴くことは、ほとんどない。

ねじ曲がった魂

その頃の事を書くたびに、苦しくなる。

十八歳から二十三歳までの私のジャズの日々の事である。齢三十一の男が、過ぎた弱年の頃を痛いとも苦しいというのも、いささか滑稽な図ではあるが、痛いものは痛い。苦しいものは苦しい。

ジャズを耳にしながらクスリを飲む。クスリとは当節流行のマリワナでもハシシでもない。ハイミナールは上等だった。ハイミナール一錠十円の時代から一〇〇円相場まで。一錠一〇〇円のハイミナールをそうそう飲んでいられるほど金の持ちあわせはない。いつも私のポケットに入っているのは、値引きして八十円のシールが青のタブレットに貼ってあるドローラン。買うのはスーパーマーケットである。そこでなら歯痛、生理痛のそれを沢山買ってもとがめられる事もない。

ドローランはいつも二日酔いした。

薬に酔いしれたまま眠り、朝、体が呆けた状態のまま、眼だけはさめる。眼には天井が天井ではなく別のものにみえる。天井のさんが走っている。いや、私の眼が、眼としての機能を働かせていないのだ。

突然、話がとぶが、一〇〇羽ほど外籠で飼っていたセキセイインコの中から、三半規管が壊れているのか、それとも脳が壊れているのか、光をかろうじて判別できる程度の視力で絶えず首を振っているのが生まれたことがあったが、そのセキセイインコが私の経験したドローランの二日酔いの状態を味わっている気がするのである。私はその時、虫だった。いや、不具で生まれたセキセイインコのような状態だった。

ナロンは錠剤の形がドローランより大きく、飲みこみ難かった。それでナロンの場合は嚙みくだいた。あのナロンの味。しばらく口の中は苦く、クスリ臭い。いつも水を飲まなかったし、それに、よく病人がオテントサンの前でもはじることはないと顔を上げ口をあけ、クスリを飲み、水を飲むという「健康さ」などひとっかけらもないクスリ飲みである。どこでもクスリを飲む。

人と文学の話でもしている。横文字の人名を出して一方的にブチまくっていたのが、相手がしゃべり考えている間に、気づかれぬよう手ばやく飲む。

ナロンを飲むと決まって吐き気がした。舌の裏からぬらぬら唾がわいてくる。ソーマニールとはぜん息発作の時に使う薬である。飲みすぎると体が震える。何故かわからない。五体がてんでに言うことをきかなくなり、寒いわけでもないのに体がケイレンしつづける。新宿要町の雀荘への階段に腰かけ、うずくまり、頭が上げられずにケイレンしていた。五十錠、鎮痛剤を飲んで死ねなかった者もいたし、夜の海へ泳ぎに行き水にとび込みあっけなく死んだ者もいた。

ジョン・コルトレーンを仲間の中で嫌いな者はなかった。

アルバート・アイラーはクセがありすぎる、鈍いという者と、そうではなくこれはこれでカッコイイとする者の二派がいた。私はアイラーをカッコイイと思った。

確か二枚組のアルバムで「死後硬直」という言葉の入った長いタイトルだったが、クスリでラリって、モダン・ジャズ喫茶店に行ってリクエストする曲は、そのアイラーだった。スウィングなど無縁なアイラーだった。アイラーはブロークンだった。クスリの二日酔いではじまり、またクスリを飲んだ私に、そのブロークンの、演奏するのではなく息を楽器にむかって吐きつけ、のたうち廻るアイラーは似合いだ。そして、突然、硝子の割れる音がする。コーラをくんだタンブラーとも、車のフロントガラスとも、日をはね町を映す通りのショーウィンドーの破れる音とも思えた。アイラーのその曲をリクエストしたのは、その音を耳にしたかったせいだ、と言える。

ジョン・コルトレーンは私には柔すぎて見える事があった。ただしアイラーとくらべての事である。

マイルス・デビスと組んだコルトレーンが次第に、ジャズのシンタクスを無視し、「クル・セ・ママ」へ、「ア・ラヴ・シュープリーム」へ音を問いつめ、ジャズを問いつめ、後は、もう自分の体を楽器にして歌うしかないと、ア・ラヴ・シュープリームと歌い祈るのを耳にし、時々、その耳をふたぎたくなった。

コルトレーンに私が感じたのは赤むけの魂だ。皮をはがれてある私自身の魂だ。皮をはがれてここにあるから、私は人の生皮をはぎとってやる、と思ったのだった。

ジョン・コルトレーンを考えるたびに、アイルランドの作家ジェイムズ・ジョイスを想いつくが、当時、私のやっていた事は「ユリシーズ」や「フィネガンズ・ウェイク」の赤むけの作品を、たとえばシリトーの描く不良少年が、いや私の「十九歳の地図」の少年が、刺しているようなものである。「ユリシーズ」の主人公を、「十九歳の地図」の不良少年が罵倒している。

コルトレーンは好きだったが、いまから考えると、あまりに規則通り自分のジャズを新しく展開させすぎるのに不満があった。

ジェイムズ・ジョイスしかり。ジャズと文学のこの二人は、無菌室で飼育され、ジャズならジャズ、言葉なら言葉の、純粋実験をしすぎた。つまりその頃、私はこう思っていた。音はねじ曲がれ。言葉はねじ曲がれ。魂はねじ曲がれ。

コルトレーンが死んだ事は、その時、知っていたが、アイラーが、一九七〇年十一月二十五日、川に頭を撃ち抜かれて死体で浮いていた事を知ったのは、今年、ひょんな事でジャズ雑誌をめくっての事である。衝撃だった。「スピリチュアル・ユニティー」はいまでもフレーズを覚えている。

コルトレーンとアイラーの死んだ今、絶対にジャズの日々は帰らない事を知っている。私に、ジャズは死んだ。

いや、ジャズとともにあったねじ曲がった魂の、虫けら同然の、私の〈青春〉のようなもの、それがはっきりと死んだ。

私にもうジャズは無用だ。

Ⅱ　ジャズをきけ。ジャズを……

JAZZ

1

ビルディングの地下にある、小さな青春のふきだまり。そこにはハイミナールに毒され、精液の臭いのする若者たちが集まってきて、ダールの絵のような健康的な夢想を食事する。枯木の上で百舌が鳴くようにトラムペットがうたい、ドラムが響く。

俺たちは死んでいる。俺たちは死んでいる。牙はピグミーの酋長にささげられ、俺たちは死んでいる。

ドラムは何億光年もの昔のおおらかさを讃える。マンモスが原野をのしあるく時代は良かった。壁にもたれながら、二人の名をほった。ベースが壁ごしにじんじん血液を送ってくる。

2

そこは沼だった。ジャズの狂ったリズムに形而上学の思いをひめて、ゆるやかに落下するロココ風のランプがあった。

ピアノが詩をうたいあげ、仲間たちはみじめな射精の後にもつような悲哀を知った。煙草は海に溶けてしまったヴィナスを思い、涙のような空気に浮かんだ。コークは石灰色にセロニアス・モンクの指先で現在に還元された。ピグミー族の祭礼用マスクに新宮の冬を思った。あのころ仲間たちは老衰していた。少年期とは、冬の日だまりでのいねむりのようなものだ。枯木の上にたって歌い出した百舌のように、トラムペットはセンチメントを揺さぶった。

3

ゆるやかに咲き乱れたくちなしの花を知っている。あの夏の日の川原のように、果てしなく広がる明日は、今の俺にはない。

幼い頃、俺は神様だった。姉はフルートに伴奏してもらって踊る女神のように草原をかけめぐった。どぶ板のむこうの隣の庭には、えんじ色の薔薇のつぼみが、かたく風にふかれていた。

少年の日の柔らかい感傷は、ショールのように俺をくるむ。ここにいる俺はもう神様でもないし、少年でもない。黒人たちの黒いビロードのような手や口腔炎におかされた赤い舌から作り出されたＪＡＺＺをただ聴いている。神話にでてきたあの草むれの臭いは何と遠い夢なのだろうか。死んだ鰯の眼と、凍り切った心臓と共に、何億光年もの過去を思ってみたって何になろう。今、俺たちに残されたものと言うと、北極海とパリのコンコルドで未知の愛を知ることだけだ。

4

一杯のコニャックが体を酔わせ、アドバルーンに入った思想を心地よく、風になびかせる。持ち運び便利な知識、なんとゆかいな現在だろうか。ラッキーボールの穴に転がり込んだ俺自身の挫折、みじめったらしいコークの滴のように若者たちは涙を流す。人には感じまい、焚き火のなかにほうり込まれた処女の片腕なんか。

ＪＡＺＺ、ＪＡＺＺ、ＳＯＵＬ、ＪＡＺＺ、響け、叩け、ドラム。小人族の戦の踊りのように、何万人も死んだあの未来のために。

一杯のコニャックは体を震わせる。初恋のようなイマージュにくるまれた俺の現在を、棘をたて、ひき裂こうとする。

5

人間というものに知恵があったとしたら、この騒音にひしめき馴らされた犬どもをどう説明するだろうか。一瞬の宏大な共生感を持ちあわせ、震える虚栄の響きと共にしのびよる清潔な手。口笛を吹きながら、この不幸のために充実した群像に形而上学を求めるのは虫がよすぎる。

にじんで溶けてしまうコーラの悲しみと、詩的イマージュに愛撫されるドローランの快楽は、熊野川のように冷たく凍りつくべきなのに。雨あがりの空が、天平期の郷愁を感じさせるように、リズムに酔った現在を狂わせている。

6

愛のように冷たく凍った指をその顔にあて、少女は白い涙を流した。石油ストーブの墓場のぬくもりと、一杯のコーラを目の前におき、アルトサックスの響きと共に、苦しげな古典的笑いをみせ、仲間たちの絶望に似たリズムをとる手の動きに同意しようとした。

びあんと言うフランス語の震える現在は、JAZZのなかにとけこもうとする。

ラムボーは冬の街角で一人の少女の手の中に、何も残さなかった。

7

ジョージの車でと笑った女は、ボサノヴァに乗って天国へ向かおうとする。らりるるれれと興奮する煙草のけむり。

ハンターは酔っぱらいの大量生産を始めた。嘆くではない月よ、キーツの思い出を消せ。あの一瞬に咲いた梨の花をそっとしてやろうではないか。

8

女はギリシャ神話を指の先でもて遊び、永遠に回復せぬ浪漫の世界を恋うた。人間ではなくなったと嘆く若者は、時間をなげ捨てた口唇の先で、虚しさをすった。

首のちぎれたはく製の鴨、鎖につながれた俺自身の感傷。

女は百万回欠伸をもらし、マックス・ローチの主張に抗議した。黄色のランプはたまり場の若者たちに産毛をほどこす。あの小さなピーターパンの恋人は、足をなげだし、五十錠のひざに体をあずけている。灰色に踊る煙草のけむりは影の中に俺をとりまこうとしている。

9

光が街をおおっている。人間と言う生物の嘆きの符号が、雑踏の中に消え去る。絶対無限大はあのビートニクから発生した。
雨あがりの昼、舗道が光の帯をつくり輝く。枯葉が落ちのこり、雨つゆを吸って風にゆれている。遠くを電車が通りすぎた。JAZZの響きをかすかに残し、俺は雑踏の中を、駅にむかって歩いた。

10

宙に浮いた車輪は、若者たちのため息にきしんだ。俺たちがその存在を知らぬ時、父親たちが用いた砲撃の音は、ベッシー・スミスの黒い尻にキッスの歌でかき消される。超人物だと宣言し、自分自身を殺りくして、ドローランの幻覚にもどるのだと笑った若者はもういない。哲学を喰いつくした金魚のように、ひっそりと消滅してしまった。
仲間たちに形容されるべき言葉はなかった。あのミュータントに歌ってやるべき挽歌を俺たちは知らなかった。

E・女装した美しい少年

それは浮気っぽい語感をともなって、現在を殺した若者に与えられる称号であるはずだ。

灰色のコカコーラ

ぼくは草の茎を一本折って口にくわえこみ、そして口腔の中にたちまち拡がる未成熟な青い汁を感じとめ唾液と共に草の茎を外に吐きとばした。鈍感な唾液が口の中に残っている青い草の汁の記憶を求めて舌のつけ根から流れ出てくる。寒かった。私鉄の電車の軌道に沿って防腐剤をぬった枕木の柵が卒塔婆のように立ち並び、真新しい有刺鉄線を張り、禁区をつくっている。この柵からむこう側に入るとオレンジ色の電車に轢き殺されるかもしれない。ぼくは朝のんだ六錠ほどの鎮痛剤にやられてしまった頭で考えた。たとえばこの有刺鉄線の間をくぐって鉄分をいっぱい含んで真茶色の砂礫がつまった電車の軌道に立ちはいり歩いていると、ぼくのこの体はたちまちオレンジ色の電車になぎ倒され、圧しつぶされ、断ち切られる。もしいまここに爆裂弾があったら、ぼくは軌道の下にそれを置き、電車が通過する瞬間をみはからって破裂させ、芋虫のような電車の中に乗った人間どもを血の海にひたらせてやる。くすんだ空からくすんだ粉っぽい光が落ちてきていた。ぼくは防腐剤の臭いたてる枕木に手をつき体がふらふらするのを止めたまま、ゆっくりと力をこめて顔をあげ、日陰になっているねずみ色のアパートの窓をみた。

足を交互にうごかした、つまり六錠ほどの白い薬にやられてしまっているぼくはまったく自分の意志どおりにはスムーズにうごかない二本の足を使って、Rにむかって歩いた。後頭部がしびれてい、ぼくはそれを鼻腔と口腔から吐きだそうとするように大きなあくびをした。吐き気がして舌のつけ根がなまあたたかくなる。

踏み切りをわたると、せまい商店街だった。花屋、肉屋、棚の上に蜜柑と柿とバナナを並べ、三方に鏡を張った果物屋、そこにその町の住人どもが動き、叫び、たたずみ、話し込んでいた。子供が赤毛の人形の髪をもってふりまわし、それにあきると閉じたりひらいたりするまぶたを両手でつかもうとしている。妊婦が大きな買い物かごをぶらさげて、皮をそぎ落とした動物の巨大な太ももをぶらさげた肉屋の前に立ち、皮をすっぽりひんむいてしまった性器のようなソーセージの入ったガラスケースの前で思案していた。うるさすぎる、と思った。ぼくはただ吐き気をしずめる一杯のつめたい水がほしいのだ。

「レバーペーストちょうだい」と妊婦がぼくを横眼でみて言った。くだらない、とぼくは思った。レバーペーストなんてうまいもんじゃない、要するに牛か豚の肝臓をすりつぶしてどうかしたものじゃないか。「丸ごとしかないの？」花屋には花が置いてあった。薔薇、菊、カーネーション、名前を知っているのはそれくらいだった。薔薇は好きだ。子供のころやけに臭いたてる隣りの家の便所のくみとり口に木のような薔薇が植わっていた。固いかちかちの石のようなつぼみを、最近嫁ぎ先の兄弟喧嘩からの殺人事件で気がふれてしまった姉が盗んできて、台所の水がめのふたの上にコップを置き、水をいれて飾った。チューリップをみたのはたしかあの町と朝鮮部落の境い目にあったぬらぬらした屁泥のたまった溝の上だ。チューリップは花屋になかった。駅の改札口を入るとぼくはすぐ公衆便所にむかった。入口の床が水に浸ってすべった。ぼくはズボンのポケットから青色の歯痛生理痛の鎮痛剤のケースをとりだし、中に残っていた四錠ほどを口の中に入れた。喉の奥をしめつける急激な吐き気を感じた。ぼくは口を閉じ歯をかみしめたまま鼻で大きく息を吸い、そして舌のつけ根からあふれでたさらさらした水っぽい唾液とともに錠剤をのみこんだ。喉首のまん中に四つの錠剤がソロバンの玉のように順序よくひっかかっている感じがして、ぼくは手洗いの水道の蛇口をあわててひねり、手ですくって錠剤をのみ下した。手垢のついた洗面所の鏡にぼくの顔がうつっている。山田明、十九歳、顔がゆがんでいる。おまえは草むらの中でみつけたノラ犬の腐って破れた腹からわきだした青白い顔の蛆虫だ。ぼくは鏡にうつっているぼくにむかって頬の筋肉をうごかしてわらいをつくり、「愛してるよ」と言ってみた。とってもとっても愛しているよ。ぼくは酔ってしまったぼくの体と眼を感じながら、鏡の中のぼくにむかって話しかけていた。ぼくの眼にはまだ外の景色がうつっている。この風景が、電車の軌道を鳴らす音が、駅の公衆便所に急ぎ足でやってきてズボンのチャックをひらいておもむろに性器をとり出して小便する男の姿がうつっている。この不快な世界がまだみえている。ぼくの眼球はまだドローランでつぶれてしまってはいない。らりっぱの明、おまえはナンキンムシだ、ゴキブリだ。

日陰になった暗い階段をのぼり、ぼくは私鉄のプラットホームに立った。白いペンキを塗った壁に背をもたせかけて、くすんだあずき色の電車がやってくるのを待った。長い時間そうやっていた。壁にあてている腰と尻が落ちつかず、煙草の吸殻の落ちている砂埃が表面をおおったコンクリートのホームに尻から坐りこんでしまった。セーラー服の女子高校生が三人、ぼくの前を通りながらひそひそ声ではなし、わらいをつくっていた。吹いてきた風で紺のスカートがまくれあがろうとする。電車が軌道を音させてゆっくり眼の前にやってきてとまり、駅名をつげるマイクの声があり、人々がひらかれたドアから吐きだされるようにとびだしてくる。そして発車をつげるけたたましいベルの音がなる。ぼくはズボンの生地をとおして尻の皮膚に伝わってくる寒気を感じ、ベルにせかされながら電車にのみこまれるようにのりこんでいる人々を、ただみていた。小学生のころ、ぼくは電気をつかってうごく電車というものをみたかった。中に乗るときは運動靴を脱がなくてはいけないのではないかと考え、いちど三十円のクレヨンでその架空の、あらかじめ絵本や教科書でイメージを与えられている電車を描いてみた。バスのようにまんまるにずんどうになった床と壁と窓を、石のまじった粗悪なクレヨンの線で塗りつぶした。描いている絵がイメージの中の電車とその乗客たちではなく、緑色の山の中に突然現れた家で、母と父と兄と姉がもちつきをしている図になってしまったと思い、たしか背後からのぞきこんだ同じ組の図画の得意な女の子に、山の中でもちついてるとこ、と説明した。女の子は先生に言いつけた。せんせい、やまだくんはもちついてる絵かきいやるんです。いや、この記憶は嘘だ。ぼくはそのころやまだくんではなくって、きのしたくんだった。電車のドアがとじる。がたんと音をたてて、風景画の中のような現実の電車が、ぼくを乗せないで動きだす。街が埃っぽくひかっていた。薬のためにはっきりと焦点が定まらなくなった眼をほそめ、ぼくはただ灰色の眩しい屋根のつらなりと、看板と騒音の街をみていた。

ぼくがモダンジャズ喫茶店Rにたどりついた時、その事件はおこったのだ。スナックとコンパが群らがり、まだシャッターをおろし、朝のしらじらしさが残っている通りで、Rの中からでてきたぼさぼさ頭のアトムを、ジャンパアの男がいきなりタックルした。あわててアトムはその男を、荒い息をたてて、両手と両足をつかって、ふりほどこうともがいた。そのアトムの様子はわなにかかった獣が網をなんとか喰い破ろうともがいているのと同じだった。Rの横の路地のゴミがあふれそうになったポリ容器のそばで立ち話をしていた二人の男が、ジャンパアの男がとびついたのを知ると、短い叫びをあげて、駆けより、男の一人がキックボクシングのように靴で腹を蹴りとばした。ジャンパアの男が彼の顔面を殴りつけ、背の低いほうの男がアトムの股間を蹴った。耳を殴られ、それが赤く脹れあがり血がでている。彼の顔と首すじを手と胸で押さえつけた。男が彼の顔面を殴りつけ、その肉と肉のぶつかる重っ苦しい音がぼくの耳にはっきりときこえた。一時アトムは手をふってあばれた。手錠が右手にはめられてしまうと、アトムは体から急に反抗する力が抜けてしまったというふうにおとなしくなり、ウッウッと声を出しながら肩で息をし、鼻と唇が切れ、血だらけになってしまった顔をあげた。ジャンパアの男がそのアトムの顔を靴で蹴りあげ、のけぞったところを後頭部めがけて殴りつけた。右の耳が切れ、まぶたも脹れている。その時になってやっとぼくは彼が逮捕されたのだということがわかった。ぼくは桃色の胃袋の中に入っている十錠ほどのドローランのために、すっかりやられてしまった頭と眼で、アトムが私服に首すじを犬の仔のようにつかまれて押さえつけられ、鼻から温い血をコンクリートの舗道に落としている顔をみていた。コンクリートに落ちた血は、薄く表面をおおった土埃や砂ににじんで黒い汚ないしみになってしまう。

Rの中に入って、ぼくは一番奥の席に歩き、そこに坐っていた森にむかって、アトムが逮捕された、と言った。彼のことを話のタネにして時間をつぶそうと思っていた。

「どうしてあいつが逮捕されなきゃならんのだよ。またおまえのホラ話か？」森はぼくのはなしを信用しなかった。

「そうじゃないさ、ほんとうに私服にやられたんだよ。あいつは古いむかしのピストルもってたからな」

森はぼくの話を注意深くきこうともしなかった。体がふらふらするのでRの落書だらけの壁に手をかけてつっ立っているぼくの腕を彼はひっぱり、席に坐れと言った。木片をうちつけた、バラック建ての家を思わせる壁に、Rの中いっぱいに広がっているモダンジャズのベースの音が伝わって震動し、壁が息を吸ってうごめいているように感じた。

「ほんとうだぜ、アトムはピストルをもってたんだよ、公園で試し撃ちしても弾がとばなかったけれど」呂律のまわらない声で、ぼく自身にむけて言いきかせるように言葉をしゃべった。森はぼくの腕をひっぱって強引に席に坐らせた。ジャズが風邪をひいて熱があるようなぼくの耳たぶの内側でじんじんと響いた。トランペットが杉のぎざぎざした葉の先にまでからみついたあけびのつたのようにうねり、ドラムがじんじん鳴り響く。熱いコンクリートの照り返しをさけるように男が、背広姿のまま家の便所のくみとり口のそばにしゃがみこんで煙草を吸っている。頭に手ぬぐいをかぶせた三十すぎの女が、朝鮮部落と駅の枕木の柵との間の細い道をすり抜けて、「いりかすはいらんかのう」と声を出して、竹かごをもって歩いてくる。ぼくは耳から入ってきたジョン・コルトレーンのジャズが、ドローラン十錠と水以外なにも食べていないからっぽの体の中を、腸内で異常発酵するガスのように反響し、ひろがり、すっかりぼくをのみこみつくしていることを感じていた。〈いりかす〉とは牛の小腸や大腸から脂をいってとった後の、歯で噛むとせんべいをかじったような音をたてるものだ。男は女の顔をみつめながら、煙草を親指と残りの四本の指でつかんだままかくすように吸っている。家々には誰もみえない、焼いて立てた枕木の柵の炭がひかり、そのむこうに、緑色の草が丈高く茂り燃えている。森がぼくの耳に息をふきかけながら、「のんでるやつ、くれないか」としゃがれた声を出した。ズボンのポケットの中に入っているスーパーマーケットの八十円のシールを貼った、まだ封を切っていない緑色のドローランのケースを渡すと、森は立ちあがり、首のちぎれた剝製の鴨を飾ってあるスピーカーの隣りの便所に入っていった。彼は便所のドアをしめながら、「三錠だけ、酔いざめの時のために残しておいてやるよ」とどなった。

便所の手洗いの水とともに嚙みくだいてのみこんだ七錠ほどの生理痛止めの薬が、胃液と共に白く溶け、繊毛のついたひだを麻痺させ、頰をしびれさせて確実に効きはじめるのを待つように、森はしゃべりつづけた。「われわれの宇宙は三つあるんだということを知っているかい?」彼の癖がまたはじまった。「一つは中心点にむかって凝縮しつづけるカスタード・プリンみたいなやつ、もう一つは拡散しつづけるやつ、あとひとつは現状維持。おれがここに坐って、こうやって思惟してるだろ。つまりカスタード・プリンみたいな宇宙はおれの思惟のひだひだにくっついた感情のカスみたいなものなんだ」

「プリンに入れるレモンのカスみたいなもんだ」ぼくは幼い、甘ったれた口調で森の真似をした。

「レモンのカス? なんでプリンにレモンのカスを入れるんだよ、おまえはカスタード・プリンをたべたことないのか?」森はわらいながらぼくをからかった。カスタード・プリンなんてそんな、食いすぎた仔犬の吐瀉物のようなものなんか知るもんか。森はタンブラーを持ちあげて口にはこび、口の中の粘膜がひからびてしまっているのをうるおそうとするように水をふくんだ。水はすぐ口腔の中で唾液とまじりあってなまぬるくなる。「おれの意識はいまうごめいているだろ、おれの感情が犬のふぐりのようにぶらぶらとその後にくっつき、おれを駄目にする。イヌフグリっていう滑稽な名前の草があるんだ。そのイヌフグリの草の茎をちぎってみたら中に暗い緑色の熱い内容物がつまっているんだ。汁がその組織からイヌフグリの血のように流れだしてくる。その時おれは視てはいけないものを視てしまったようで息苦しくなり、馬のように不意に駆けだしたくなり、まるで錯乱におちいってしまったみたいに眩暈のようなものを感じる。なんと言ったら良いのだろうか？おれの手で一つの永遠を断ち切ったんだ。熱い血が永遠の、全宇宙を右手につかんできつくしぼったみたいにたらたら流れだす」森は唇に水滴をくっつけたまま言葉を自分の思っていることにひきよせ忠実につかおうとするようにゆっくりと話した。ぼくは森の理屈を、眼と頭の中におこっている眠気のようなやわらかい波の中でただ耳から入れていただけだった。森ははなしつづけていた。たしかに耳の穴でこもるようにジャズが鳴りつづけ、ぼくはいま胃袋の中に入った十錠ほどの薬のために眠りの波の中でただよっている。やさしい安堵させる眠りの訪れが、またやってきた。アトムのように街路で逮捕されることもないと思った。ぼくは健康だ。「宇宙はおれたちをのみこんでいるとおまえは思うだろう。でもちがうんだ。メービウスの帯みたいにおれをのみこんでいるが、おれにのみこまれている。ちょうど二匹の蛇がたがいに尻尾からのみっくらをしている具合を頭に思い浮かべてみろよ。おれがコーヒーをのむ、おれの腹が鈍くいたむ、実にフィジカルな出来事だけど、ほんとうはそうでないんだ。星の輝きのむこうの無限の暗闇の中で、大腸のあたりが痙攣するように新しい星が誕生するための運動がおこっている。おれが歩く、排泄する、女と寝る。宇宙の、つまり永遠の中では砂粒よりも小さいおれが、性器を勃起させて女の穴の中に突入させるだけで、宇宙のどこかで星がこわれるんだ、わかるか？　おれが言ってることを嘘だと思うか？」

ぼくは森の話をきいていなかった。それよりも耳の奥で鳴りつづけるジャズのフレーズを追いながら、眼球の奥からわきあがってくるあたたかい涙のようなイメージの群を追いつづけていた。薬によってみちびかれたおだやかな眠気としびれっぱなしのぼくの体がそこにあった。迷路だった。杉の木ばかり植わっている山の、丈高い草むらの中にできた道をどこまでも歩きつづけた。何時間、山の道を歩いたのだろうか。喉の奥から口腔にかけてからからに乾いてしまっていた。白いコットンのジーンズに茨の棘がひっかかった。光が杉の梢の重なりのむこうからさしこんでいるが、草むらをまだらに明るく塗っているだけだった。暗かった。空気が鼻につめたく、まもなく杉の梢の重なりのむこうに昇っている太陽が、山々の連なりのはるかむこうに落ちこみ、まっ暗な夜の闇がこの草むらの中に充満しはじめることが感知できた。すべての音が鳴りやみ、モダンジャズ喫茶店の中にベースの弦だけが、しとしとしとと響いていた。しとしとしと、しとしとしと。ここはいったいどこなのだろうか、男は立ちどまった。村を通ったことはわかった、クマノ川の川原で黒い海辺に打ちあげられた死体に、ホンダワラのようにむらがっている烏に石を投げつけて驚かしてやってから、道をまちがえ、歩いても歩いてもバスが通る道にでなかった。

フルートが息づかい荒く、ベースの弦の音にかぶさる。草の茂みの中にひそんでいた鳥がとびたったのではなく、風がどこからともなく吹いてきて、男の体をなぶり、とおりすぎたのだった。疲労のために眼がくらみ、血が立ったままの体の中でかたまってしまっているみたいに体が重くなった。山の青くしめり気をおびたにおいが鼻についた。ここは墓場のようなところだ。ぼくはジョン・コルトレーンのジャズによって喚起されたイメージを味わいながら、催眠術にかかったようにまったく平衡感覚をなくしてしまっている体をゆっくりおこし歩いて、便所にむかった。ノブをまわし便所のドアをあけて中に入ったとたん、耳の内側で鳴っていたジャズが急に弱まり、ぼくは耳なりのようなものを感じとめた。コンクリートをはった地上からいきなり宙にもちあげられ吊るされた気がした。壁に**世界永続革命万歳！**　と黒のマジックで落書してあった。吐き気がする。ぼくは便器にしゃがみこんだ。唾液が口腔いっぱいに広がり、舌のつけ根がしびれて、なまあたたかくなった。世界永続革命万歳だって？　死者よ来たりてわが退路を断てだって？　胃袋の奥から柔らかいかたまりがのぼってき、それをせきとめようとした喉が痛んだ。ぼくは便器の上に四つんばいになり、ぼくの内部からくりだされる暴力そのもののような嘔吐が通過するのを耐えた。涙が薄い膜になって眼にはりついた。

一時間ほどぼくはモダンジャズ喫茶店Rの壁にもたれて、犬のように顔をあおむけにし眼をとじ口をあけて浅い眠りをもった。トコと仁に頭をゆさぶられて眼をあけた時、すっかり脳の細胞にまわってしまっている鎮痛剤の酔いのため、眩暈がした。二人の顔がゆがみ、輪郭が定まらなかった。

「アトムが警察につかまったんだって?」仁がぼくの横に坐り肩からぶらさげていたショルダーバッグを座席の上に置いて言った。トコがぼくの顔から表情をよみとろうとしてみつめていた。「どこでつかまったんだよ?」ぼくは壁にもたれたままあごでRの前の舗道を教えた。体がしびれっぱなしだった。

「Rの中でつかまったのか?」

「ちがう、その前」ぼくは彼らにアトムの逮捕される様子を話してやろうと思ったが、呂律がまわらなくなっているし、体がだるいのでそれは止めた。

「誰も救けてやらなかったの? アトムがつかまるのをみていたのに誰も逃がしてやろうとしなかったの?」トコが煙草を吸いながら怒ったみたいに言った。

「どうしてあいつはつかまったんだ? マリワナを売ってたからか、それとも古ぼけたピストルをもってたからかよ?」

「知らないよ」ぼくは仁の口調に腹立った。Rの中は次第に混んできていた。煙草の白く粉っぽいけむりが天井からぶらさがった緑色と赤の色を塗った裸電球の光に照らされて、うごめいている。薬にやられて弱くなってしまったぼくの両眼が、とびこんできた電球の赤と緑の光のけばを感じとめ、ちくちく痛む気がした。なまあたたかい煙草のけむりの充満する墓場のモダンジャズ喫茶店Rに、この土地のほこりだらけの家や三畳の下宿から迷路をつたって集まってきたぼくたち蛆虫がいた。ぼくは頭の中と眼窩の奥にまだ残っている鎮痛剤の酔いでひきおこされたけだるさに体をとらわれたまま、ズボンのポケットにつっこんでいた煙草を、右手をつかってとりだした。仁がマッチをすってくれた。ぼくは煙草を口にくわえたまま、仁の親指と人さし指の間で燃えるマッチの赤黄色の炎をみつめた。炎はマッチの軸をたちまち燃やしつくし、仁の指先を焼こうとする。「熱いじゃないか、吸うなら早く吸えよ」ぼくは仁の言葉に促されてあわてて口にくわえた煙草を炎に近づけようとしたが、まにあわず炎が仁の爪の短い指先を焼いてしまった。「熱い」と言って仁がマッチを捨てた。「なにやってんだよ」仁はふたたびマッチをつけてくれた。

モダンジャズ喫茶店Rの中はジャズで水びたしだった。洪水みたいに、とぼくはトランペットとテナーサックスとでつくりあげるメロディの節々を追いながら思った。川があふれ、泥水がお城山の下の崖に立っている小さな家を襲ったのを、自転車に乗ってみに行き、その時、ぼくは木々と茶色の泥水と灰色の屋根の輪郭がくっきりした風景の中で、一羽の黒い海鳥をみつけたんだった。森がRの入口近くのカウンターから一冊の電話帳をもってぼくたちのそばに歩いてきて、「やるぞお」と誘った。

最初、仁がめくった。七五四の合計六《ロッポウ》だった。次に森がめくった。五《ゴケ》だった。ぼくはなるべく単純な数字の組み合せになるように電話帳の最初のページのほうをめくり、耳鼻咽喉科の職業のでている二十六頁めの八《オイチョ》を出して一回戦を勝ち、賭け金の百円を二人から徴収した。陸にせりあがった水が逃げ道を失って玄関の土間にたまったまま、母の赤い模様の鼻緒のついた下駄や、ぼくの青いゴム草履をひっくり返しに浮かしたように、モダンジャズが執拗に鳴り響いていた。「こんどは四《ヨツヤ》だぜ」電話帳をめくるオイチョカブでたちまちぼくはあり金七百円を、森にまきあげられた。「これでおれはからっけつだ。Rのコーヒー代を払う金もないよ」

「いいよ、あとでさっきのドローランをもらったかわりに、コーヒー代を出してやるぜ」

森がわらって言った。

「森、アトムがつかまったこと知ってる?」トコが訊ねた。森がトコの質問に「ああ」と声を出し、「誰がつかまろうと誰が殺されようとおれの知ったことではないよ」と言った。

「どうせこのRに来てるやつにロクなやつはないんだ。氏素姓のはっきりしてるやつなんか一人も居やしない。不審訊問されて身元を洗われれば、少年院か刑務所送りにされるやつが続出することは絶対にわかりきったことなんだ。ニセアナーキスト、ニセイラストレーター、ニセフーテン、ニセ詩人、みんなニセだということでほんものになるやつばっかりなんだ、ほんもののニセアナーキスト、アトム」

「ほんもののニセミュータント森、ややこしいな」トコがわらった。

「もちろんおれだって例外じゃない、おれだってニセだ。だけどおれが他のニセとちがうところは、ニセの言葉をつかい、黄色い皮膚のあつまったモダンジャズ喫茶店でけっしてほんとうにジャズることじゃないニセジャズをきいて、ニセの睡眠薬である鎮痛剤をのんでらりって思考する。おれはニセを貫徹して、ニセのおれの肉体とニセのおれの言葉の彼方に、白く燃えあがる逆吊りされた城をみるところだぜ。おお季節よ、おお城よだ。おれはすべてのニセを触媒にして錯乱し、逆立の城を幻視する。わかるか？　それ故におれはミュータントだ、おれはヴォワイヤンだ」森がトコの言葉に腹立ったように早口で言った。ぼくは森のほんもののニセフーテンという言葉にかかずらわり、森のはなす早口のようにはいかない速度で、Rの奥の壁によりそって坐っているニセのぼくとそしてほんもののぼくのことを考えた。ぼくは山田明、十九歳。

「ヴォワイヤンがオイチョカブをやるってわけね」

「そうなんだ、わが日本国の見者はオイチョカブをやってるんだ」森はそう言ってぼくたちからかきあつめた千二百円ほどの百円玉を手の中でじゃらじゃら音させ、わらった。

「おれの金を全部まきあげたんだぜ」とぼくは森の肩をたたいた。曲が変った。Rのボーイが、カウンターの奥からでてきてエルヴィン・ジョーンズのジャケットを、壁にかけた。ぼくの好きな曲だった。その曲を耳にしながらぼくは朝、アパートの部屋をでる時、私鉄の駅の便所でのんだドローランの酔いが、次第に体から汗や小便になって消えかかりはじめたのを感じた。何時だろうか？　と不意にぼくは胃袋のあたりに熱いかたまりを感じて思った。今日は何月何日なのだろうか？　ぼくは体の中からスーパーマーケットで八十円に値引きした鎮痛剤の酔いが消えかかるのとともに、泣きだしたくなるような気持になった。いったいなにをやっているのだろうか？　ぼくは顔をおこし、閉じていた眼をひらいて、Rの中にいるぼくの仲間たちをみた。森も仁もトコも顔をふせて眼を閉じ、体の一部(仁とトコは首、森は指)をうごかしてリズムをとり、エルヴィン・ジョーンズの重い音というジャズにききいっている。何時だろうか？　とぼくは思った。この世界を貫いて流れる時間が、いま何時なのかぼくは知りたいのだ。サックスが埃と石だらけの荒野に足を鎖にくくりつけてすてられた男の悲劇を描きだすように、ボリュームいっぱいに響いていた。ここはいったいどこなのだろうか？　なにも食っていないために確実に飢え、そして喉が乾き、口の中がむれてしまったように苦い。

「いまなん時ごろなんだ？」ぼくは自分の感じている飢えのような感覚、全身を緑色に染めあげる柔かいパニックの芽みたいな感情を森や仁に知られないよう、自然な口調をつくって訊ねた。そして、ぼく自身の唇から放たれた言葉をきき、なん時なんだ？　という問が滑稽で間のぬけた問だということを知った。

「きのうのいまごろでしょ」トコが答えた。「五時ごろかな、秋になったら日の暮れるのが早いから、もう外は暗くなってるわよ」ぼくはトコの言葉にひきおこされて、いやトコの言葉などではなく自分自身の飢えの感覚のようなものにひきおこされ、歩いても歩いても山ばかりの風景の中で、空に浮き出た雲を黄金色にひからせ、いま寡黙な肌寒い山のむこうに落ちようとしている太陽を想い浮べた。騒々しい夕焼の後に、空はすみれ色になり、深い青に変り、地上のすべてのものというものが不安な夜にとけこんでしまう。五時！土建請負士の父が乗馬ズボンのひざのあたりを土で汚し、十人ほどの組の人夫をひきつれてその土地のすみずみをほりくりかえす土方仕事からもどってきて、父と母と父の息子とぼくとの四人での一家団欒がはじまる時刻だ。

モダンジャズ喫茶店Rを出ると、トコの言ったとおり、すっかり暗くなってしまっていた。ぼくたち四人はモダンジャズ通りを右にまがり、銀行の横で暴力団のチンピラが手のりうさぎを売っている前をとおり、大通りに出た。たくさん人が歩いていた。ぼくはまだ耳の内側にエルヴィン・ジョーンズのジャズが残っていて鳴っているような気がして、ベースの口まねをやっていた。寒かった。通行人にぶちあたるように歩いているぼくの体の中から鎮痛剤の酔いが消え、反対に鳥肌をつくっている皮膚から、この土地の排気ガスのにおいのついた粒だった寒い空気が体に侵入しはじめているような気がした。

ぼくは一番後から歩きながら、今夜、一晩中、この街のどこかのジャズ喫茶店にいてジャズをきいてつぶそうと思った。横断歩道を渡り、靴屋の角をまがって陳列棚にスパゲティやポークカツの飾ってあるアカシアについた。百五十円のロールキャベツ、猫の反吐のような色をしたポタージュに、黄緑色のキャベツのかたまりが二個入っている。

アカシアの中に春の花の咲く季節でもないのに赤いカーネーションが飾ってあった。トコが四つロールキャベツを注文した。ウェイトレスが黙ったまま伝票をおき、奥のカウンターにむかって「キャベツ四個ね」とがらがら声でどなった。

「キャベツじゃないんだ、ロールキャベツなんだ」森が席に坐りながら言った。

「ぐるっとまいたロールキャベツ」仁がからかうようにわらった。

「死んだ猫の肉をひいてまん中に入れたやつ」ぼくが森と仁のあとをうけて駄洒落のつもりで言うと、ウェイトレスは顔をこわばらせ、そして泣きだすように目をしかめて、レジに坐っている男のほうにむかって歩き、レジに行きつかない傘入れの置いてあるところで、「マスター、うちのキャベツの中に死んだ猫の肉をつかっているってフーテン族が言ってますよ」と言った。マスターと呼ばれた男は帳簿付けに熱中しているように顔をあげず、「すぐ出ていってもらいなさい」と返事をした。ウェイトレスはマスターの言葉に勢いを得たように「すぐ出ていって下さい。うちはフーテン族がくると迷惑するんです」と言った。

森がおとなしく席から立ちあがりながら、「ほんとうに猫の死骸の肉をひいてキャベツの中にいれているから、おれたちにでてってくれと言うんだろう」と言った。ウェイトレスは怒った顔で、自分が前々からこのアカシアにたくらんでいた悪事を完了したというように、「こまるんです。他のお客さんに迷惑がかかるんです」とくり返した。

通行人たちの群をかきわけ、ぼくたち四人はMにいった。透明な陳列用硝子に、厚化粧の女と首にまが玉のような飾りをぶらさげたニューヨークのワシントンスクエアの風俗写真から出てきたような髪型をした男が、ぼくたち四人を順番にながめるようにみた。二階にのぼってぼくたちは奥から二番目のフェニックスの鉢植のおいてある席に坐った。窓から道路のむこう側の江戸前寿司の看板がみえ、ネオンで照らされた赤くすんだ空があった。トコが知っている人間をみつけたらしく、下の席にむかって手をふり、二階にあがってくるように合図した。やせた背の高い男が立ちあがり、わらい顔をつくっている。

「誰だよ、知ってるやつか？」仁が訊ねた。

トコは顔からわらいを消し、「いやなやつよ、あいつのためにわたしたち、ズッコケたんだから」と口から種をはきだすみたいに言った。「元同志ってわけね、元同志！　あいつのやっていることや顔をみていると、まるで囲いの中の猿をみているみたいに感じるわ。醜悪な顔の猿が人間とそっくりだということ、それがたまらなく不快にさせるの」

「あいつはテナガザルみたいだぜ」ぼくがトコにむかって言った。

「犬よ」

「犬か、公安に情報を売ってたのか？」

トコは森の言葉で刺激を受けたらしく何か言葉を一気に吐きだそうとする前兆のように息を深く吸って、胸の中で止め、急にそれが、けばのたった白い葉裏に変ったとでもいうふうに、苦くわらった。

「左か？」

「左よ、あいつは乞食みたいに、右や左のダンナサマ、と哀れな声をあげてすごしたいのよ」

男は心臓病をでもわずらっているふうに老人くさくゆっくりと階段をのぼり、手すりに手をかけながらぼくたちの席に歩いてくる。男はぼくたちの席の前にくると、曖昧なわらいをつくり、トコにむかって、「学校やめたんだって?」と言った。彼はトコの返事をきかずに席にすわる。「森本に最近、やっぱしここであったんだけど、君のことばかりうわさにしてたよ」

「もう彼とは関係ないのよ。思いだすだけでも吐き気がするって、もしあったらそう伝えて。もちろん、わらいながら、ソフトに言うのよ」

「なにやってんだよ」

「ごらんのとおり花嫁修業中」

ぼくは席に坐っている背広姿の男を観察しつづけながら、トコの話から勝手につくりあげた裏切者のユダのようなイメージとはほど遠く感傷的だと思った。感傷! くだらない。ぼくはマッチをすり煙草をつけた。ぼくは男に抱いていた好奇心の白っぽいガスのような感情を、鼻腔と唇の先から吐き出そうとするようにけむりを吐いた。ドローランの酔いが消えはじめ、ぼくの体におこっている変化の中のいまのこの瞬間にかかずらわっていればいいのだ。

「君たちはパーティでいっしょだったって?」森が訊ねた。

「パーティ！」男が言った。

「党派のことだよ、君は転向したのか？」

「さあ、おれにはそんなことわからんね」男はいきなり訊ねた森の挑発の言葉を相手にしないというふうに言い、それをきいて不意にトコが男のような声を出してわらった。トコは男の肩を軽くこづいた。

「もちろんよねえ、もちろん転向なんて立派なものに関係ないわよ、ねえ、あんたは。犬だもん、わんわんちゃんだもん、芸当もできるんだから。お手だとか、おあずけだとか」

「おれが犬だったら、君はブタじゃないか」男が言った。

「ぼくはウジムシだぜ」トコたちの話に乗るようにぼくが言った。しかしかれらはぼくが蛆虫だと言ったとたんにしらけてしまったらしく、誰もわらわなかった。ぼくは隣に坐っている森に、Rの中にいた時貸してやったドローランを思いだし、宿酔いの男が迎酒をするように、森がぼくのために残しておくと言ったそれをのみたいと思った。ぼくは森の顔をみた。彼はオランウータンだ。いま彼はぼくのためのドローランをポケットにいれていることも忘れて、煙草を右手にはさんで、男を彼特有の論理でからかい、男の弱々しい腹部を喰いちぎろうとするようにみがまえている。仁はゴキブリだ。台所の水屋の裏側から走りだし、ふすまの下を一直線に走って黒い取手のついた傷だらけのタンスの暗闇にまぎれこもうとする。ぼくは透明なタンブラーにあふれるほど注がれているつめたい水をのんだ。寒気が喉を通り、ひだとひだの間にある穴をとおって胃袋に流れこむのがわかった。頭がまだくもってしびれている。水は熱を加えれば沸騰するのだ。火はマッチをつければ燃えるのだ。草も木も建物も、ぼくの手が一本のマッチをすって火をつければ、煙をふきあげて空をすすだらけにして燃えてしまう。ぼくはモダンジャズ喫茶店Rと印刷した男と女の立ったままの姿で性交している解剖図のついたマッチ箱を左手にもち、中から白い頭のマッチ棒をとりだしてこすった。炎があがる。あわてて息でふき消した。再びぼくは白いリンのついたマッチ棒をとりだし、マッチ箱の茶色の耳で強くこする。炎がちいさな爆発音とともにわきあがり、炎がマッチ棒をもっているぼくの右手の親指と人差指を焼こうとし、それをタンブラーの中に入っているのみ残りの水の中につけた。じゅっと音がたつ。こんどは二本いっしょにこすった。いおうのにおいが鼻腔に入りこんできた。黄色くひかりを発散しながらうごめいている炎をただみつめ、そしてついたてから顔を出して下にむかってそれを落とした。炎は焼夷爆弾のように落下しつづけ、二階と下のテーブルとの中間でわきおこる風に熱をそぎとられてしまったらしく不意に消えた。

「やめなさいよ、そんなことしてみつかったらまたここから追っぱらわれるわよ」トコがぼくの手から性交の絵のついたマッチをとりあげて言った。「あきらは薬をのんだらなにをしでかすのかわからないから」

「どの党派にいたんだ？」森が言った。

「Bよ」トコが森に答えた。「でもさ、そんなこときくの森らしくないわ。どこだって良いじゃない。しらけかえってるんだから」

「全学連が羽田で棒ふりまわして暴れまわってたころ、森は、この街にいるフーテンを全部あつめて『ラリハイのんで見物しよう』っていう企画をたてたんだってよ。機動隊と全学連が殴り合いをしているのをみにいって『やれ！　やれ！』と声援しにいく」仁が突然言いだした。

「くだらない」男が軽蔑しきった顔をした。

ぼくは男の顔をみつめたまま、公安につかまってしまったアトムの血だらけの顔を思いだしていた。逃がしてやるんだった。彼は最初フーテンだったが、いつのまにか政治の季節になって、モダンジャズ喫茶店Rに政治づいた学生たちが集まりだしてから変な影響をうけ、アナーキストになったんだと言っていた。アナーキスト、ぼくはぼくと同じように薬で酔っぱらって遊びまわっていた蛆虫のアトムが、一冊のバクーニンや、学生たちの出すガリ刷りのパンフレットを読んで思想家のように革命だ、解放だと騒いでいたのが不思議だった。革命！　なにを革命するのか？　アトムが郷里の家から明治時代につかったような古ぼけたピストルをもってきて、誰それを射ち殺してやると言ってみたとしても、彼が白々と外界がつめたくあけ、またはじまった一日が晴れるのか、くもるのかそれともつめたい細い雨がふりだすのかわからない弱々しい光で眼をさまされ、そばに眠りこんでいる女の髪に鼻をくっつけて眠りの余韻を味わっている日常は変らない。朝、ぼくはめざめる。ぼくは誰も愛してはいない。眼がまわってアパートの天井のさんが走っている。夜のんだドローランと、アレルギー性じんましんをおさえるレスタミンの二日酔いだ。女の子は顔をうつぶせにして眠りつづけている。わきの下から手をすべりこませて女の子の乳房を触る。「いやよ」と女の子はぼくが眼をさます以前からずっと早く起きていたような声で言い、ぼくの手をはらいのける。時計をみる。十時十五分すぎ。女の子の着てきたセーターとスカートが椅子にひっかかっている。四畳半の部屋は本も机もないためにがらんとしている。壁にぼくの好きなアーチー・シェップの写真がはってある。「青春なんかないんだ」ぼくは声に出して言ってみる。カッコイイ文句だ。ソーマニールとナロンとドローランとハイミナールをまぜてのんでらりった森が、歩くのが困難になってしまったために体の中に荒れ狂っている薬の酔いが通過するまで純喫茶店に入っていた時、ぼくに吐いた言葉だ。薄い灰色の光が窓からはいりこみ、部屋を寒くしている。ぼくは昨日、生理痛止めの薬をのんで泥のように酔いしれていた。アルコール飲料のもたらす暴力的なきちがいじみた酔いなどでなく、おとなしく飼いならされた、発火することもしらず白いガスをふつふつ路上にあげる水たまりにおちたカーバイドのような白っぽい酔いに体をとられ、いくつものモダンジャズ喫茶店にはいったり出たりして、ゴーゴーを踊れるディスコテクにゆき、そこで知りあった女の子と部屋にもどってきた。二人で酔っぱらったまま服をぬぎあい、ふとんの中に入って、性交した。

「Rで貸したドローランくれよ」ぼくが森に言った。森は男にむかってしゃべっている話の腰を折られるのが不満だったらしく、「左ポケットに入っている」と言ってぼくに自分で手をつっこんでとるように左足をゆすった。森の体に顔をちかづけると煙草のにおいがした。「ミュータントっていうのは、つまり悪魔みたいなものを考えてみれば良い、われわれがもし、知恵のリンゴ、果実をひとかじりして楽園から追放されたアダムとイヴの子なら、弟を殺してしまってエホバの神に追放されたカインの末裔であり、このさまよいの土地ノドの地を彷徨しているのなら、果実をかじれとすすめた蛇は悪魔の化身だ。しかしだ、誰かも言っているように悪魔が解放者という考えもある」森のポケットの中からぼくはドローランのケースをとりだした。

「わかってるわ、そんなことぐらい」トコがハンドバッグの中をのぞきこみながら言った。

「悪魔は邪悪なる精神のかたまりだ、裏切り、人殺し、蛇のうろこのようにひかるねたみ心、狂気」

「それがおれとどこでかかわるんだ？」男はいらいらしている。

「だから、君がな、ワンワンちゃんであってもけっしてはじることはないと言うんだ。われわれは悪魔であり、魔女であり、弟殺しの下手人なんだということだ」

「くだらないことを言うなよ、おれははじちゃいないんだから」

「だからあんたは犬だっていうのよ。はじ知らずの犬」

「森本がトコちゃんのことをさがしていたぞ」男が言った。

「げっとくるんだ、いまのあたしは。さがすのなら勝手にさがしなさいって言ってよ。わたしはこの地でたとえあの人にいきあったとしても、もう関係ないんだから」ぼくはケースから四錠ほど残っているドローランをとりだして、口にふくんだ。ぬくい唾液が流れだしてくる。

「森本っていうのは前の彼氏か？」仁がわらいながら訊ねた。

「そう前の恋人、だけど悲しいことに仁がやきもちを焼く相手じゃないのよ」

「おれより下手なのか？」

「もちろん。仁の方がよっぽど上手よ、ああいうのを下手の横好きって言うの」

男がトコのふざけたコケティッシュなしぐさと言葉にわらい、「あいつがきいたら、絶望して首つって死ぬんじゃないか」と言った。

ぼくは歩きつづけていた。どこまで歩いても杉の木とその根元に茂った髪の毛のように細いすすきの葉だけの風景だった。腹が減っていた。それに喉がかわいていた。つめたい風が吹いてくる。ぼくの耳の内側で山鳴りの、葉と葉のふれあう音がひびく。すすきの葉のとがった先が腰のあたりを撫でた。ズボンは葉むらがはらんだ滴のためにびしょぬれだった。ぼくの草をふみつけて歩く足音だけが、山鳴りの通りすぎた後に残っていた。太陽が空にのぼっているはずなのにまったく光はさしこまず、あたりは暗く、寒かった。不意にざわざわとぼくのものではない草をふむ音が遠くできこえ、ぼくは声をのんで立ちどまる。音は消えた。ぼくはふたたび歩いた。ふくらはぎのあたりにかたまっている疲労に、足を重くさせながら、杉の木とすすきの葉だけの風景の中を歩くと、表面がつやつやひかっている丸い石に、白装束をみにまとった老婆が腰かけている。ぼくは不安と疲れを体の中につめこんだまま、声を出して訊ねた。「婆よ」ぼくの喉から出た声はびっくりするほど幼かった。「ニッキを買うんやけど、どこへ行たら売ってくれるんな？」ぼくが訊ねると、老婆は歯がすっかりなくなっているしわだらけの口をうごかしてミカンをたべながら、ただあっちのほうやというように指さした。「よう色づいとるね、赤っかいトマトみたいな色しとる。婆と寝るか?」ぼくが老婆の前を通りすぎるのをまっていたように老婆はからかいの言葉をあびせ、ぼくがあわてて走りだすと、ひゃっひゃっひゃっと声を出してわらった。「新宮の長山のもんには教えんのじゃ」大きな杉の木の横を右にまがり、中学校の裏に出た。裏から地つづきの春日町がみえた。山の下に低い家が密集している。中学校の裏から春日町につらなる道をぼくは歩きながら、どこへいってしもたんやろか? 誰ともあわんというのはどうしたことやろか? と思い、奇妙に体がおちつかなかった。悲しさに顔をゆがめて大声で泣きながら、その土地の人間が死に絶えてしまって、廃墟になり腐り落ちようとする家々の間の道を駆けぬけたいと思った。

森に体をゆさぶられ、ぼくは泣きだしたい感情を抱いたまままめざめ、自分が故郷のその土地ではなく、ディスコテクの原色でぬりたくられた壁にもたれて眠りこんでいたのを、ちょうど白骨の人間が神経を回復し、生理を回復し、筋肉をつけてよみがえるような感覚の中で知った。フォークロックが裂けるような音をたてて鳴っていた。

「もう終りなんだってよ、まだ四時半なのに」森がぼくの耳たぶにアルコールのにおいのまじったぬくい息を吹きかけた。

「終りになったって言っても、まだ一時間も時間があるぜ」いつもこのディスコテクは五時半に終るのだった。

「警察がうるさいんだって」

「トコと仁はどこへ行ったの？」このディスコテクに入ったときは、たしかぼくたちは四人だった。

「おまえがねてるとき、あいつらは二人でフケてしまったよ」

ぼくと森が壁にそって作ってある席に坐って話していると、男ものの空色のセーターを着たロビンがそばにやってきて、「いっしょにかえろうよ」と言い、ぼくの肩に両手を置いた。「あきらのアパートに泊らせてくれる？」

三人で四時半のまだ空が夜あけの徴候もしめしていない暗い外に出た。寒かった。ロビンがぼくのジャンパアの中に頭をつっこんできて、ぼくの足を踏みつけた。ぼくたちは互いに体をぶっつけあい、肩をくんで歩いた。森がロビンの腰に左手をまわし撫でるように指をうごかしたので、ロビンは体をよじりくすぐったがってわらった。「あきら、森はいやらしいわ」ロビンはわらいこけた。二丁目の角をまがり、ぼくたちは都電跡のレールを歩いた。両側に立っている家（ほとんどがスナックや料理家の裏口だ）が、幼いころ、冷たい鉄のにおいのするレールに耳をあてて汽車が祖母の住む古座のほうから音をたててやってくるのをたしかめた、人轢きのレールのそばの家に似ていた。人轢きのレールを通過するとすぐ川だった。不意に犬が吠えた。首をふとい鎖につながれた犬が、ぼくたち三人に襲いかかろうとして前足をあげ、まるで自分の大きく響く声におどろいたようにけたたましく吠えつづけた。

「ばかめ、たかが犬じゃないか」

「おどろいたのよ、三人でカラスみたいに歩いているから」

ぼくは吠えつづけている犬にぶつけようとして石をさがしたが、軌道には金網が張られていて、石をとることはできなかった。急に腹立たしくなった。ぼくはジャンパアのポケットからマッチをとりだし、それをこすり、火のついた矢のように犬になげた。犬はぼくたちにとびつこうとして狂ったように吠えつづける。

ぼくはレールのそばに落ちていた棒切れをひろいあげて右手ににぎりしめた。殺してやる、と思った。ぼくが棒切れをもって襲撃するために身がまえるのをみると、犬は後足で立ち歯をむきだして吠える。棒切れを体の後にかくし、犬を呼ぶ馴れ馴れしい口笛を吹いてみた。犬は吠えるのを止め、四つ足で暗いスナックの裏に置いてある犬小屋の闇に入る。犬は暗闇の中から確実に喉首をねらっている。ぼくは抑揚をつけて口笛を吹いてみる。中学時代に飼っていた仔犬を抱きあげた時、手の指に仔犬の張りきった熱い腹の肉がふるえているのを知った時の感覚がよみがえり、ぼくは暗闇の中でうなり声をたてて威嚇している犬も、そのような腹、そのような不安を感じているのだろうと思った。皮膚の中につづまった肉と内臓、ひだとひだのおり重なった穴。殺してやる、不意にぼくは柔らかい性衝動のようなものを体に感じた。ぼくは暗闇の中に潜む赤い肉と内臓のかたまりの実体をもつ犬にむかって殴りつけた。鈍い音がたつ。犬はぼくの襲撃を避けようとするが、首を鎖につながれているためにどうすることもできない。

「やめなさいよ、あきら、木で殴ったりしたら犬が死んでしまうわ」

「あきら、やめたほうがいいよ、朝から犬を殺したりしたら、一日じゅういやな気分になるぞ」

ぼくはロビンと森の言葉をきいて、犬を殴り殺すことをあきらめた。体中に鱗が生え、それが一つずつ逆立っているような気がした。犬の血がぼくの足のあたりについている。犬小屋の中に逃げこみ、痛みに耐えて破裂するような声を出して吠えつづける犬をそこに感じながら、ぼくはロビンと森にみつめられて立っていた。犬の血ではじまる土曜日の朝だ。不快だった。ぼくはジャンパアに両手をつっこみ、黙りこんだまま歩いた。夜はまだあけない。この土地に棲息する一千万ほどの他人どもは、まだ夜あけ前のさむい眠りをむさぼっているのだろう。女は枕元に置いためざまし時計のベルにあわてて起きあがり、薄くレモンを輪切りにして、二つ並べたティーカップのさじの上に置き、もう一枚余分に切り、まるで酸に飢えた孕み女のようにそれを口の中に入れ唾液を流す。男は夢とも現実ともつかない浅い眠りをもちながら、女が台所でたてる物音を耳にしている。水道の蛇口をひねる音がきこえる。女が男のつかっているざらざらした粗い粒子のタバコライオンをつかって歯を丁寧にみがきはじめる。そして不意に音がやみ、女の嘔吐をこらえる吐息のようなつまった声が立ち、男は不意になにか体の皮膚でおおっていないむきだしの肉の部分を黒く変色させてしまったように不安になる。そして口腔の奥の親不知にあいた穴に舌の先をのばして神経を刺激して虫くい穴を確認するように安堵する。どこかで確実にこんなことがおこなわれている。どこかでいま性交している。どこかでいま人を殺したいと思っている。ぼくは口の中にたまっている唾液をかため吐いた。大通りに出て、右にまがった。森が路上に駐車しているカローラを足で蹴った。

「この自動車と同じのを、岩さんが持ってたわ、煙がすごくでるの」

「あいつは恰好つけて車を乗りまわしてるんだよ、それも女の子をひっかけるだけのために」森が言った。「あいつはもう三十五だぜ、三十五にもなってRになんかやってきてふらふらしてるんだから」

「でもロビンを車に乗せてくれたわ」

「そしてラリハイをのまされたんだろう。あいつはそうやってよっぱらわせて、エロ写真をとるんだ、キタナイよ」

ぼくは釘をさがした。落ちてなかった。銀行の前のポプラをうえたところにコンクリートのかたまりがおちているのをみつけ、ぼくは走っていってひろいあげた。右手だけでは持ちづらく両手にかかえるようにして石を運び、ロビンと森に顔の筋肉だけでつくったわらいの信号を送り、ぼくはバックミラーを殴った。なにものかがつぶれるような音がした。

「やめなさいよ、あきら、気違いになったの？」

ぼくはロビンの声をきいて素直にコンクリートのかたまりを路上にすてた。ぼくはゆっくりと自分に言いきかせるように、気違いになったのだ、と思った。ドローランをのみすぎてぼくは気違いになり、この夜の大通りに烏のように黒々と立っているのだ。

空が暗く深い青に変った。ぼくは上機嫌になるのを知った。なぜこの街の空は、太陽がのぼっているとき薄いくもの膜でおおわれていて、夜あけのはじまりの一瞬だけ輝くような青い色に変化するのだろうか？　ビルディングが空を矩形に断ちきり、巨大な甲虫類の屍のように浮かびあがっている。まるでそれは山々のつらなりのようだ。歩いても歩いてもきりがない。ひとたび杉の木立の中に足をふみいれると、まるで悪い夢の中の風景のように、疲労して飢え、足が泥のようになずみ行き暮れてしまう。ぼくたちは駅のほうにむかって歩いた。シャッターを閉ざしたスーパーマーケットの前をとおり、ガード下をくぐり、坂をのぼった。コンクリートの電柱のかげから犬がとびだしてきた。ぼくはあわてて顔をむけ、そしてそれが吹いてきた風に破れたポスターがゆれただけのことだとわかった。

「どこへ行く？　おれのアパートへ行くか？」森が言った。

「あきらのアパートにいって眠ろうよ」ロビンはぼくに甘えるように言った。ぼくはポケットの中に一円も入っていないことを思いだし、金をもっている森にこれからの行動予定をあずけなければどうしようもないことを知っていた。ポケットに電車に乗るための金すらもっていない。

「あきらのアパートにいこうか？」森が言った。

「電車賃ないんだ、カラッ穴なんだ」

「ただ乗りやればいいじゃないか。そういうのはあきらは得意だろ？」

結局ぼくらは公園にいくことにした。坂の上から自転車に乗った新聞配達の少年がおりてきた。ぼくたち三人は道のまん中に立ってみていた。確実に一千万の他人どもの朝がはじまったのだ。少年は口元に白のマフラーをまき、疾走する自転車のスピードでできた風をジャンパアの中に入れふくらませぼくたち三人を無視して走りすぎた。空がしらんできた。

いきなり耳のそばで羽音がした。鳥がビルディングの上に群をつくって止まっていた。坂の右手に立っている家の屋根から三羽ほど舞いあがり喉の奥の声帯がつぶれてしまったような鳴き声をたて、そしてそれに刺激されてビルディングの上から一羽がとびあがり、神経質なその鳥の感じた柔らかいパニックに感染したように次々と鳥の群が空にとんだ。彼らは夜中、死体をあさっていた、とぼくは坂の上に立ちどまってその光景に不安になったまま考えていた。この一千万人の人間が住む大都会に、鳥が脂つやのぬけた粗い触感の皮膚をもつ死体の肉をくいちぎって共存共栄していたのだ。ぼくの幻覚だろうか、眠りが額のまん中にけだるく下降してきているためか両眼がちくちく痛む。街路樹につかわれているプラタナスの黄ばんだ葉が、吹いてきたちいさな風にゆすられ、まるでなれあっているように白くけばだった葉裏をみせてうごめく。

「鳥があんなにいる」とぼくは空にむれてまわっている鳥をゆびさして言った。「きっとあのビルディングの下に人間が死んでるんだ」

「ニンゲン？」

「そうだ、ニンゲン、ちょうどぼくらみたいにフーテンをやっていて腹減って食うものがなくって死んだなれの果てさ」

「鳥葬か」と森がぼくの言葉にあわせるように言い、そして彼は不意にその言葉からなにかをおもいおこしたというふうに両手をひろげ、タップを三度踏んで、白い息の浮きでるわらい声をたてた。

「チベットの鳥葬の時の踊りはな、こういうようにやるんだ、水葬ってやつもあるのを知ってるか？　いまでも海のそばの村にいけば、おまえの虫くい歯みたいに水葬人の丸い石の墓が並んでいるってよ」

「おれの兄貴が首つって自殺したとき火葬だったぜ」ぼくは不意に思いだした。「火つけるといっぺんに棺おけが燃え出したなあ」

「そうか、おれのおふくろとヨイヨイのおやじとかわいそうな白痴の妹が一家心中したときはな、土葬だったぜ。おれはよ、庭の固い土を掘りおこして、飼っていた金魚が死んでしまったのをうずめるみたいに、土をもりあげてやったよ」

「嘘つき」と言ってロビンが森の言葉をわらった。

粉っぽい光がぼくの瞼の裏側からこぼれだし、尻の皮膚につめたい触感を与えている石の椅子の表面をくるみ、埃のこびりついた常緑樹の植え込みの一枚一枚の葉を鈍くひからせていた。ぼくは眼をとじた。すべてがこうやるとあいまいにとろけた。公園はぼくのとじたまぶたの内側で赫い透明なぐみの実の色に染まり、その中にある植え込みや大理石の柱や動いている人間の細胞の膜が破れ原形質が流れだして混入する。混入、とろけあうこと、ドローランがぼくのあたたかい胃袋のひだの間で、苦い胃液に形をくずし、乳白色になって毛細血管にしびれを伝達してゆくこと。アナーキストになったアトムがぼくのことを、肉と血とドローランのつまったずだ袋だと言った。たしかにそうだ。ぼくはズダ袋だ。ぼくの耳にベースのじんじん響く音がきこえる。十時。ぼくは薄い霧のかかったようなあかるい空の下で風によじれて動く先端をひきちぎられた草の葉のように、あごのつけ根に伝わる甘い痛みを感じながら坐っている。また今日も、口腔の中の一番奥に生えた親不知の穴のために、歯痛、生理痛の薬ドローランをのまなくてはならない。

「映画でこんなところがあったわ、ぶどうの実があればギリシャよ」

ロビンがそう言って、ぼくの肩にもたれかかってきた。ぶどうの実を想像しただけで歯がよけいに痛んだ。噛みつぶすと血のような色を出す酸っぱい果実。姉が手おけの中に水をくみ、八百屋から買ってきたばかりのぶどうのふさをいれてつめたく冷やした。ぼくは眼をとじたままロビンの柔らかい肉が感じられるセーターの肩を抱き、そしてその手で胸から手をのばし、ブラジャーをつけていない乳房をつかんだ。ロビンはかすかに力をこめた。体をふるわせた。「くすぐったいの」ロビンの鼻にかかった声をきき、ぼくは急に体が昂揚し、性器が脹らみはじめるのを感じた。

「ロビンはぼくを好きかい?」ぼくは眼をあけて、ロビンに訊ねた。

「好きよ」

「アイしてるかい？」

「アイしてるわ」

「とってもとってもアイしてるかい？」

「とってもとってもアイしてるわ」

「でも嘘みたいにきこえるよ、ほんとうにアイしてるかい？」

「ほんとうよ、ほんとうのほんとうにほんとうよ、ああアイしてるわ」

「くだらない」と森が言った。ぼくとロビンが声を出してわらった。ロビンはぼくと森がわらい止んでもまだわらいつづけ、涙を出した。ぼくたち三人はけだるくなったまま公園のギリシャの神殿を真似してつくっている石の椅子に坐ったまま石の円卓に体をつっぷして風景をみていた。街は確実に動きはじめている。自動車の音がきこえる。空に高く塔のようにのぼるビルディングを建築するために動いているクレーンがみえる。


なにもかもうんざりだった。なにもかもぼくを熱中させはしなかった。身体が発熱したような熱い感覚はいまはなく、ぼくは精肉店の冷凍室にぶらさがった家畜の太腿のように皮膚をそぎとられ、アーチー・シェップの写真が一枚飾ってある部屋の中で、赤むけの肉から漿液をにじませたまま犬のようにうずくまっていた。山田明、十九歳、おまえはぼくなのだ、ぼくは低い声で言ってみる。おまえには過去もないし未来もない。ただこうやって呼吸をして生きている。おまえは眠りにおちるのではなく覚めるのでもない。虚脱状態におちこんだその体と意識を眺めている。その顔の中に装置された二つのいつも閉じられることもなくひらかれている眼球《めだま》だ。部屋の中の風景がぼくの眼球にうつった。たたみ、それは藺草を使ってある。窓の黒ずんださん、MG5と髪がくっついた銀色の櫛がある。そしてぼくがなにかの時のためにポケットの内側にいれて持ちあるいているジャックナイフが、ぼくのまげられた足元にある。なにひとつぼくは所有していない、と言葉が出てくる。それらのものがそこにあるというのに、ぼくはそれらをたしかめる術もない、その感情は複雑な幾何学の問題につらつきあわせているみたいに思える。ぼくは頭をあげる。窓をみつめる。網膜に畳に転がっていた櫛やジャックナイフの形がしみつき、そしてそれが曖昧な輪郭になって消滅してしまうのをぼくは知る。なにひとつおまえは所有してない。くもり硝子でとじられた窓が眼球を占領しきっている。たしかにその白い粉っぽい光があたっている窓のむこう側にはぼくがさっきまでうろつきまわっていた街があるはずだった。このアパートとそっくり同じ茶色にすすけたアパートがあり、朝にはねずみほどの大きさに肥った雀が姦しく鳴いてまわり、この土地に住みついている労働者や主婦や発育優良の肥満児にまた不快な朝がやってきたと知らせまわる。確実に、絶対確実に、その窓のむこうにはあるはずだった。ぼくは手をのばし、ジャックナイフをとった。兄やんみたいに死にたいよおと髪ふりみだし汽車にとびこんでいこうとした姉のように、気違いになるのはいやだ。兄のように二十四歳になって首つり自殺するのはいやなのだ。ぼくは生きて生きて生き抜きたい。年をとりたくないのだ。ぼくはジャックナイフの刃を出して右手にもった。心臓が音をたてて鳴った。眼球がマグネシウムのように白い閃光を発しながら燃えだし、そこひにかかり、ただの二つの白い硝子玉のようになった。山の落葉の腐ったにおいが不意によみがえり、ぼくは口で息を吸い、そのにおいが数百キロも離れたこの部屋にあふれてでもいるように、それを胸の中にとどめた。ジャックナイフの先がぼくの左手の手首につきささり、つめたく硬い異物が肉を切りさくのを感じとめた。全身が燃えはじめるような衝撃があった。血がにじみだし、緑色の光沢を放って手のひらから指へ、畳の上にしたたりおちた。ぼくは生きて生きて、生き抜きたいのだ。血が、手首からとめどなく流れだした。ぼくはただ呆然として、その赤い生きもののように流れだす血をみつめた。部屋の風景がぼくの眼にうつっている。壁に貼ってあるアーチー・シェップのポートレート、MG5、髪がくっついた銀色の櫛とジャックナイフ。窓からはいってくる白っぽい光に照らされて、部屋はぼくの体からしみだした獣のにおいでいっぱいになっている。ここは確実にいまのぼくの場所だ。ぼくは依然として壁にもたれてかがみこみ、畳の上に血の水たまりができるのをみていた。そうして、ぼくは子供のころに姉が目撃した殺人事件のはなしのように、出血とともに体がどんどんちぢまり、ほとんど妊婦の腹の中にいる胎児ぐらいの大きさに変成してしまうのだった。

朝、めざめると同時にぼくは起きあがり、部屋の入口の横に設けてある洗面所に歩いた。水道の蛇口をひねった。アスファルトを張ったこの街の道路の下を、牛の腸のようにくねってアパートの一室の洗面所につながっていた水道管の内部につまっていた水が、なまあたたかい音をたててステンレスの流し台をたたいた。健康な一日がまたはじまったのだった。棚の上に置いてあるホワイトライオンと、白い粉が柄にくっついている歯ブラシを取る。歯みがき粉のにおいが、ぼくの鼻腔いっぱいにひろがり、口の中にわきあがる嘔吐の予徴を想わせる水っぽい唾液を感じとめ、ぼくは棚の上にスーパーマーケットで買ってきて置いたままになっているインスタントラーメンと丸いセルロイドの容器にはいったキャビアと、手がふれると金木犀の花弁のようにもろく崩れ落ちそうな茶色の固いつぶの表皮をつけたコロッケに眼を移す。ぼくは丁寧に歯をみがく。歯はけものの骨を嚙みくだくことができるように固く鋭くとがっていなければならない。

ぼくは上機嫌になったまま、ユービーソーナイスカムフォームツーと歌をうたい、押し入れの中の靴の空箱にいれてある現金書留の中から千円抜きとり、そして中に入っていた山田建設と印刷してあるメモ用紙に曲りくねった乱暴な字で、メウエのひとやトモタチとけんかしない、ハハより、と書かれた手紙に目をとおす。ぼくの母親はカタカナとひらがなしか読めない。押し入れを勢いよく音をたててしめ、ぼくは左手の手首にまきつけてある包帯を手で圧えつけ、そしてその包帯のむこう側のぼくの皮膚が裂け、傷口が痛みをもっていることを確認してみる。今日もまたドローランをのむ。ぼくは一ケースのドローランとモダンジャズがあれば幸福だ。

部屋を出るとぼくは駅にむかって歩いた。この土地の面《おもて》に群生している工場や動きまわる自動車の排気ガスが、また今日も薄い煙の膜になって空をおおっている。駅の切符売場にいくために、ぼくは踏み切りの遮断機の前で立ちどまった。また今日も昨日と同じく心臓の音そのものみたいに警報機が鳴りひびく。黄と黒のペンキを塗りわけている遮断機の竹の棒は、ぼくの体が不意に踏み切りに駆け入り、オレンジ色の鉄の箱をもつ大きな重い車輪と表皮がめくれて鋭い金属の色をむきだしにしているレールにとらわれ、つぶされ、轢断されることを防いでいる。黄と黒のまだらの竹の表面は柔毛が生えているように空からの鈍い光をはねかえしていた。遮断機のこちら側もそしてむこう側も他人どもの街なのだ。電車がこちら側の街とむこう側の街で合成される風景の間を断ち切るように、轟音をたてて禁区を通過した。

踏み切りをわたって駅の前の広場に歩いても、まだ心臓が生きて動いているのを知らせるように音をたてて鳴っていた。ぼくは立ちどまった。少女がいきなりぼくのそばに歩みよってきて、びっくりするほどの大声でぼくに語りかけてきた。「あなたはすべてがまちがっていると思ったことはありませんか？」まるで、少女は胸からたすきをかけ、旧式の厚いレンズをもった眼鏡をかけていて、その言葉に対するちょっとの反応をもみのがすまいというふうにぼくをみつめていた。

「ぼくはらりっている」やっとそれだけ、ぼくは自分の心臓の音をたしかめながら言った。自分の心臓がこうやって動いていることが、不思議なのだった。

「いえ、すべてがことごとくまちがっていて、ほんとうははじめからやりなおすべきであると思ったことはありませんか？　世界には」と少女はぼくの顔をみつめたまま、暗記してきたパンフレットの文章を朗読するように声を張りあげた。「憎悪と悪意と汚れにみちている、すべてそれは他人に対する感謝を忘れているからだと思いませんか？」

「それで良い」ぼくは少女の眼鏡をみつめたまま、自分自身に言いきかせるように言った。「みんなそれで良いよ、おれの心臓がどきどき鳴ってるんだから」

少女はぼくの言葉をきくと、自分の容貌や格好をからかわれたとでも思ったのか、ぼくの顔から眼をそらした。「あなたも不幸な人なのね。あなたはいったいなにをやっているの？　どこからふらふらやってきたの？　どこへ行くの？　あなたは自分がいったい誰であるのかわからなくなっているのでしょう」少女はズボンのポケットに手をつっこんで、ふらふらしながら立っているぼくが、宗教の本かなんかに登場する哀れな病人であるとでもいうように訊ねた。

「おれは用ないんだ、おれはウジムシだからな、どぶねずみなんだ」

立ちどまっているぼくの中でドローランが溶け、次第に胃袋を暗い内臓をしびれさせ、二本の足と一本の肉のつづまったズダ袋の胴体がよろめき、駅の改札口から吐きだされてきた通行人にぶちあたった。「あぶないわ」一瞬ぼくはわけがわからなくなり、少女がぼくの体に両手をまわしてぼくを抱きとめているのを不思議に思った。「救われるわ、きっと救われるの」昂揚した声を出している少女の顔が、ぼくの眼球のすぐ近くにあった。「大丈夫よ、病気にかかってても良いのよ、主は言われてるわ」不快なしみったれた光がぼくの眼球の水晶体を通して体の内側の暗闇の中にわけいろうとする。燃えあがれば良い、全部燃えつきてしまえば良い、殺し合えばいい。ぼくは少女の手をふりほどいた。街がみえた。病んだ葉をもつ常緑樹の梢が駅のむこう側のプラットホームで埃っぽい風にゆすられ痛く光をまきちらしていた。灰色のくすんだ屋根の家が柵のむこうに建っていた。午前十一時二十分、駅の一番線プラットホームに電車が入りこんでくる。ぬるぬるした唾液とともにゆっくりと吐き気がぼくの喉を攻撃にかかろうとする。体をくまなくおおっている皮膚に長い毳が生えるような感じがした。ぼくはしゃがみこんだ。猫の胃袋、とぼくはまるでまじないのように思う。あの貧乏な時、まだみんなで暮らしていたとき、姉がひろってきて砂糖と醬油でかりかりにいっただんごをぼくはきらいだった。八月十五日、盆の時、家々にもどってきた死人どもをまた彼岸に送り返すため、初盆の家は舟をつくってちょうちんをかざり供物をつんで川岸から海へ流し、普通の古い死人のある家は夜になって熱のさめた川岸に、線香と花とぶどうと菓子とだんごを置いて参った。姉とぼくは餓鬼のように暗い岸を波に裸足を洗われながら歩きまわり、それらの供物を盗んでまわった。ぼくは線香のにおいのしみついたぶどうを歯で嚙みつぶした。川水に濡れたぶどうの皮膚。コンクリートの上に土埃がうすくおおっていた。ぼくは耐えた。吐き気の波の舌先がぼくの口腔の奥を温い唾液でいっぱいにした。涙が膜になってぼくの眼球にこびりついている。だれもこのぼくをわからない、だれ一人としてこのぼくを耐えることはできない。

「どうしたの？　どうして涙を流して泣いたりするの？」少女がコンクリートに手をついてうずくまっているぼくの後から声を出した。「病気にかかってもいいのよ」少女はそう言ってぼくの背中をこすった。少女の手が撫でた部分に鱗が逆だつ。ぼくはけっして自由ではないと喉の奥に身をすごめはじめるぼくは思った。あがけばあがくほどコンクリートが割れ、そしてその下にある土が裂けてできた穴にずるずると足をとられるようになにものかに囚われているのだ。「あなたは病気で、この世界のあわれな犠牲者なのね、あなたは病気にかかっているのね。この世界はことごとくまちがっているのです。世界はまもなく破滅するのです」少女はぼくの背中に手を置いたまま、勝ちほこったように言いつづけた。

電車に乗ってぼくは四つ目の駅でおりた。そこはぼくが毎日通っている目的の駅ではなかった。とびらがひらき、ぼくは後に立った買い物かごをさげた妊婦に道をゆずるために電車の外に出、それっきり電車に乗る気がしなくなったのだった。長い時間、ぼくはその駅のプラットホームに備えつけられたベンチに坐っていた。いやほんのつかの間、午後の熱に病んだような皮膚にまといつくつめたい風が、ぼくの背後の銀色の塗料を塗った球状のガスタンクのむこうからやってきて、駅を横ぎり、路地と路地が交叉しあって家が密生している彼方へ走り去る瞬間だったかもしれない。ぼくはただ坐っていた。なにも考えなかった。山田明、おまえはいま体の中をかけめぐっているドローランの酔いにたすけられて、まるでベンチの附属物のひとつかそれともベンチそのものに同化してしまったように坐り、上半身をそらして、そして二つの眼球だけをあけっぱなしにして、外界をみていた。おまえは立ちあがらない。おまえは予備校にもいかない。おまえは労働力を売りに工場へいかない。おまえはそうやってベンチに腰かけ、体の奥深く、皮膚と筋肉と骨にかこまれた暗い葦の生いしげる沼のような内臓のあたりに、どろどろに溶けた原形質が不安という棘だらけの形をとっておまえのその手をその足をつきうごかしはじめるのをまっていた。ぼくはベンチではない、ぼくはぼくなのだ。ぼくが、と熱い息を吐くように思った、ぼく以外の他の人間でさえあれたら。あなたは病気なの？　と少女はぼくに言った。そうなのだ、ぼくは長いあいだずっと病気にかかっていたのだ。線路に沿った道を肩にナップザックをかついだ土工風の男が歩いていく。どこへ行くのだろうか？　それとも飯場からやってきたのだろうか？　ぼくの眼が彼の後を追った。ベンチに坐ったままぼくは、肩をゆすりながら歩いている、襟にふさふさした毛のついたジャンパア姿の男をみつめ、ちょうどカメラのピントを合せるように彼の眼差とぼくの眼差を重ねてみる。AL≡BL、変身公式を基にして変身術をつかい、たちまちぼくはその男に変身する。いやみったらしいしみったれた薄い光が街をおおっている。飯場で二十万ほど作ってきた、と男は考える。しかしおれは美代子とその腹の中にいる七カ月の子供を、周囲は山ばかりで赤い色をしたものを売っている店などなくオオカミが吠えるようなところで、死なせてしまった。二十万を一晩で使いきれるかどうか。一緒に山をおりた朝鮮人の李はおれが一晩だけでも派手に都会でパアッとやろうとさそったのに早々と汽車に乗って帰ってしまった。男は私鉄電車の線路ぞいに歩きながら泣きだしたいような感情、いやなにかが落ちつかず痛いような感情に襲われている。不意にピントがはずれ、ぼくはたちまちこの現実のぼくにもどってしまう。男はナップザックをせおったままゆっくりと道を左にまがりぼくを後に残して街の中に溶けこむように消えてしまった。

ぼくは立ちあがった。そして歩きはじめた。陰になった暗い階段をのぼり、通路を歩き、再び暗い階段をふらつくぼくの足が踏みはずして転げ落ちることのないように丁寧に降りた。ゴムが青い小さい炎をたてて焼けるにおいがした。

その駅のそばのモダンジャズ喫茶店にはいってコーヒーとスパゲティを注文した。運ばれてきたトマトケチャップのべたべたかかったスパゲティにぼくは満足した。スパゲティというものは照明でひかるほど脂ぎってなければいけないし、内臓の中に手をつっこんでかきだしてきたばかりの十二指腸虫のように血の色にそまって生き生きとしたやつでなければならない。客に上品な趣味ではなく悪趣味をこそ売らなければいけない。たとえば夫婦喧嘩の末に殺した女房の肉のくっついたあばら骨でだしたスープ、タングシチュー、月桂樹の葉っぱをまぜて香りをよくしたカレーの中には猫の眼球がよろしい、若ネズミのぶどう煮も良い。ぼくは食べた。そして耳に轟くトランペットとベースとドラムの音に身体をすべてまかせた。ベースは石につまずき、眼の前に広がったコンクリートの道路を這う。トランペットがよじれ、一回転し、そして不意に光があふれてくる夢の中の校庭に出たように息づかい優しくメロディを刻んでいく。三月の土の光のようなジャズ、裏山の下の拘置所につづく坂は毛のような草におおわれている。

ぼくはジャンパアのポケットから手帳を取りだして、めくってみた。八月までに古文、大鏡を読了すること。ダンモへは行かないこと。Pをしないこと。ぼくの字ではないくねくねした字で、明のバカ、と書いてある。そして詩みたいなぼくの文章が赤いボールペンで書かれてある。**うつくしいひまわりのようになりたいのだ。あいつは真昼に首をくくって死ぬように太陽に顔をむけてうなだれている。**STAND ERECT、爆裂弾。そして手帳の終りに、オンザロード、ガードのそばの古本屋、千円得と書いてある。その時のことは覚えている。ぼくと俳優とペコの三人はジャック・ケラワックの本を古本屋から万引し、そのまねをして海へヒッチハイクで遊びにいこうとして、ダンプカーに千葉まで乗せてもらった。そして電車に乗り海のみえるところまでいこうと思った。三人ともラリハイで上機嫌だったが、どこまでいっても目的のKという駅につかないので次第に不安になり不機嫌になって、とうとうぼくはペコをつれてみさきちょうというところでおりてしまった。Kは一つ先の駅だとわかったが、どうせきたないばかばかしい海などいまさらみたくない。海なんかみあきてると思い、そのまま二人でヒッチハイクで帰ってきてしまったのだった。海！　焼けた丸い石をつかって構成される石垣のむこうにひまわりが萎え、水気を抜きとられた葉とうなだれた首のまん中に、呼吸する巨大な獣の腹がある。肉がむれるような浜に裸の体をよこたえ眼をとじると、すべては透きとおってどこまでも赫くなる。それはペンキ絵だ。舟が浜に背中をひっかけて放り置かれてあり、黒い顔の男がヤスをもって海の中にむかって歩き、水が腰のあたりまでくると勢いよく空からダイビングしてきたように水に沈んで沖へ泳いでゆく。音もしない。人間の言葉をしゃべる声もきこえない。眩暈がわきあがるほど静かで明るい。吐き気がする。

手帳の背についている鉛筆を手にもち、ぼくは詩のようなものを書いてみようと思った。しかし言葉は鉛筆の先に流れでてこなかった。公衆便所で射精した少年の鉛の喉に、とぼくは他人の詩の一節を書いてみる。たぶんその一節は困難ということを表現したかったのだろうが、ぼくがもし詩を書くのなら、現在を拒絶するというテーマで書く。砂糖をいれすぎたために甘ったるくなったなまぬるいコーヒーのこの現在が困難ではなく、それそのものを拒絶するのだ。二十歳までぼくは生きる、そしてその後はわからない、と不意に熱く思った。ほんとうに拒絶して、兄がやったように朝の骨の色をした空の下、だれもまだおきだしていない時、首をくくって自殺するか、裏切者のように生きのびて耐えつづけるか、どちらかだ。鳴りつづけているのはジャズだった。ぼくは手帳をとじてポケットの中につっこんで、なにかをぼくの肉体の内部にとじこめたように眼をとじた。

「ジャンキーにであったか？」とぼくの顔をみるなり森が訊ねた。ぼくは体にまといついてくるモダンジャズ喫茶店Rの赤と黄色と緑の照明を眼にまぶしく感じながら、一番奥の席に坐っている森の暗い顔にむけて首をふった。「おれは昨日そいつにであったぞ、そいつにマリワナを一本七百円で二十本売ってもらってそれを千円でみんなに売ってやった」

「嘘をいうな」ぼくが笑った。

「嘘じゃないさ、それにそのジャンキーはおまえのために塩酸エフェドリンを三本くれた」

「塩酸エフェドリン？」

ぼくがジャンキーと呼ばれる男の話ではなくその塩酸エフェドリンという新しい薬の名に興味をひかれ、森の隣りに坐ると、森はまるでRの中に公安や補導の警察がいるとでもいうように、ぼくの耳のそばに口をくっつけ熱い息を吐きかけて言った。ジャズがかん高く響きすぎ、くすぐったい息のもれる声がなにを言おうとしているのかわからず、大きな声で言ってくれとぼくがたのむと、森は腹立ったように「液体」とどなった。「心臓病やぜんそくに使うヒロポンみたいな薬だ」

そのジャンキーからことづけられた塩酸エフェドリンをくれと言うと、森はぼくの手を自分のコールテンのズボンのポケットに触れさせて、その中にその液体と注射器と注射針が入っていると言い、まるでなにかスポーツクラブの合言葉みたいに、「便所へいこう」とたちあがった。たしかになにをやるのも便所だった。薬をRのボーイやマネージャーにみつからないようにのむ時も便所だったし、顔をあらうのも汚れみたいにまばらにのびた髭をそるのも性交するのでさえも便所だった。ぼくはみた。まだこのRにやってきたばかりの頃、三十分たっても鍵が中からかかったまま扉があかないので、すき間からのぞくと、髪の長い少女が乳房をむきだしにされて男と性交していた。ぼくはその男性週刊誌の風俗記事のような事態をみて、たしかにぼくは海と山々にかこまれた人口四万の街ではなく、人間が犬のように暮らしている一千万の人口の街にやってきて予備校生になっているのだと思った。便所の中に入り扉をしめると急にジャズの音が遠のき、両耳がつぶされてつんぼになってしまったように感じた。風邪をひいてでもいるように喉がいたく腕の関節が熱かった。扉に内側から鍵をかけ、森は塩酸エフェドリンのアンプル三本と注射器をとりだし、まず便器の中にたまっていた水をノブを引いて流し、手ですくって飲んでも良いような透きとおった新鮮な水に代えた。森は注射器をそれで洗った。「左手」と森が手馴れた外科医のように、アンプルから液体を注射器に吸入させながら命じた。「まくらなくては駄目だ」ぼくは森の指示どおり左手をさし出し腕をまくった。痛みがわきあがった。左手の手首の傷口に塗りたくったヨードチンキが赤黒くかたまり、包帯を皮膚にこびりつかせていた。包帯をとると昆虫の体液のような薄汚れた血が傷口から出てきた。

「どうしたんだ?」注射針を手に握ったまま森が訊ねた。どうしたのだろうか?

注射器の先の鋭くとがった針がぼくの左手のこまかい毛がおおっているやわらかい皮膚をつきやぶり、そして筋肉と皮膚の間にある血管をもとめてうごきまわる。なまあたたかい味の悪い触感。針は動きをやめる。確実にぼくの両眼から神経によってつながった左腕の肉や皮膚は注射針をとらえている。みつけた。ぼくの体の中をかけめぐる血の河をみつけた。注射器の中にいきなり黒い血は氾濫する。逆立だ。今度は注射器のなかの塩酸エフェドリンがぼくの体の中に圧し入る。頭髪の一本一本が穴のあいた皮膚に植えつけた硬いナイロン製の義毛のように感じ、頬や首筋から熱が細かい粒になってそぎ取られ、急速にぼくの体の内部に張りめぐらした血管からエフェドリンが肉にしみいり、まるで化学反応をおこしたようにものうくなってしまった。ぼくは便所を出て席に坐った。眼球に天井につるされた緑と赤とトパアズの照明が入りこんできて、ぼくのがらんどうになったマネキン人形を思わせる内部に吸いこまれる。ジャズは両耳の穴から体の中には侵入せず、ナイロン製の頭髪の上をかすめ、テーブルや座席や壁にかけてある室内インテリヤの首のちぎれた剝製の鴫と同じようにモダンジャズ喫茶店Rの一定の空間を占領している物体となってしまったぼくの体を素通りする。ぼくは煙草をハイライトのケースの中から親指と人差指でつかみだした。ぼくをみつめていた森が性交の解剖図のついたマッチから白い頭のマッチ棒を取りだして火をつけた。血膿のような色に燃えたが、ぼくは煙草を指につかんだまま火をつけようとしない。なにも考えない。物体と物体が溶けあいもしないで緊張を耐えている現実の熱い不安はぼくにはもうおもいおこすこともできない。すべてはにせだ。おまえはただ坐っている。おまえはもう蛆虫でもないし、石ころでもない。ひきはがされて持ちあげられ舗道にたたきつけられるコンクリートの敷石の断片ですら、いまのおまえよりも熱い。

森に連れられてぼくはモダンジャズ喫茶店Rを出た。外は昼だった。塩酸エフェドリン、心臓病やぜんそくの薬がまだ効いていた。人間の群が歩いていた。

ぼくは立ちどまる。そして一緒に歩いていた森の姿がたちまち通行人の群に溶けあってみえなくなってしまったのを発見し、やたらに獣が多いさむざむとした荒野を追放されてさまよっている人間のように自分がおもえた。どこを歩いているのか？　奇妙な悲しみがわきあがった。その悲しみは薬の効果と覚醒の間にぼくが持ち得る唯一の人間らしい行為みたいに思えた。ぼくは泣きだすか？　泣きださない。ぼくは口を顔の面積よりも大きくあけて叫びだすか？

森が人の群をかきわけて、ただつっ立っているぼくの前に戻ってきて「なにをやってるんだ」とどなった。ぼくは森の声を確実に耳にし、この見知らぬ人間ばかりがひしめいている荒野で、ぼくを知っている人間がいたのだと思い、うれしかった。

「どこへ行くんだよ、森、マリワナ売ってるジャンキーにあいにいくのか」ぼくは自分の話す言葉をたしかめるようにゆっくり森に訊ねた。

「おまえはその男を知ってるのか？」と森が訊ねかえした。

「知らない、でもさっきジャンキーからマリワナを買って、それをまた売りさばいたと言ったじゃないか」ぼくは声を作って言った。

「マリワナか」と森がわらい顔をみせた。「あんなものたいしたことない、ペイかヒロポンをやるほうがよっぽど良いぜ。おまえのやっているエフェドリンでもベタスでもだ。エフェドリンをやると、自分が死んだみたいに感じて、肉が腐ってくずれ落ちないのが不思議な気がするだろう」

肉が腐ってくずれ落ちるだって？　ぼくは歩きながらぼくの顔の肉や胸や脚の筋肉が粘り気のある薄い桃色の液体をにじませて足が舗装された道路を踏むたびに骨からはがれていく様子を想像した。穴という穴からドローランやエフェドリンでやられて奇形になった蛆虫が引き裂くような痛み（しかしぼくは死んでいるので感じない）をつくりながら外に這い出してくる。衣料品店、書店、靴店、ジャン・リュック・ゴダールの映画をやっている名画座、ぼくは歩きながら生理とともにエフェドリンが皮膚の外や大腸に排出されて、四時間ほどの仮死状態からよみがえっているぼく自身の体を感じとめた。茶色の埃のこびりついた巨大なビルディングがぼくの視界を占領している。草も木もすべて枯れてしまってただ人間だけが歩いてまわっている街がそこにあった。ぼくは森の後を追って歩きながらぼくの体をつつみこんでいる街の騒音とスピーカーから流される女の声のコマーシャル放送を耳に感じとめていた。七階レインボーホールでは大アメリカ展がひらかれています。「森、どこへ行くんだよお？」ぼくはけだるくなったまま訊ねた。森はぼくの言葉をはっきりとききとめることができなかったらしく、手を合図するようにあげた。もう歩きたくない。食料品店の前に停まっていたあずき色のバスがウィンカーランプを右に点滅させ、ハンドルを右にきってゆっくりと動きだす。

「おれの女がまもなく子供を産むんだ」森がこもった声で言った。「今日か明日、それとも明後日」森はそう言うと感傷に襲われたようにぼくの肩に手をかけて立ちどまった。「いいか、あきら、おれらはこの街の社会からドロップアウトしていると思うだろう。しかしそうじゃないんだ。おれが女と性交して、その結果として子供をつくる。するとおれはその子に父親としてまるでマリノウスキーの本にでてくるように栄光を与えなくてはいけない。おれはいままでただ一方的におれの父や母や姉をライフルで撃つものだと思っていた。おれは自由な狙撃手、父殺しや母殺しの下手人だと思っていた。しかしおれはおれの精液の中からわきだした子供によって撃たれる存在でもあるんだ」森はぼくの耳のそばで言葉をはなしつづけた。「おれはいったい自分がなんなのかさっぱりわからなくなってしまった。依然としておれはミュータントなのか、それともまったく平凡な男にすぎないのか？」

　ぼくは森の理屈をきいてはいなかった。

「どこへ行くんだよ、行き先をはっきり言えよ、またあの喫茶店か？」

「子供とか女ってやつは結局どんな理屈を言っても社会とか人生論みたいなものからドロップアウトしては生きられないんだ。あいつらには純粋な個体性などありえない」

「パチンコかラッキーボールかビリヤードをやろうか？」

ぼくは言った。

ここは猫の死骸そのものだ。蛆虫のようにぼくたちはその赤く裂けた腹からわきだしてこの街をさまよう。ぼくは街の駅の広場で偶然出会ったロビンと腕をくみ肩を抱きあって歩いた。コクリコの花を飾ってある少女趣味の喫茶店の隣の薬局で、ぼくは肥った中年の女にむかって口を大きくあけて喉の近くの親不知にあいた穴をみせ、ナロンを二箱買った。薬局の前をとおって曲った路地に入ると、ロビンはくすぐったいわらいをつくり、上着のポケットからアリナミンの箱と精力増強のドリンク剤をみせた。

「そんなことたいしたことじゃないよ」ぼくはロビンが自慢するのでしゃくにさわった。

「やろうと思えばなんだってできるぜ、強盗だって、人殺しだって」

「うそよ、あきらにそんなことできないわ」髪を短く刈りつめた男の子のような姿をしたロビンの顔が嘲笑した。

「やれるぜ、おれはなんだってやれる！」

「あきらも森もアトムも結局Rの人間よ、えらそうなことといっててもみんななんにもできはしないのよ」

「やれるんだ！」言葉がぼくの唇の間から外に出た。路地のつきあたりのデパートの赤いたれ幕が風もないのに大きく揺れていた。ぼくはなにものかに囚われてはいるが、その囚われの鎖を断ち切れないほど臆病ではない。ぼくはロビンと肩も組まず黙りこんだままRのほうにつらなる道路を歩いた。角をまがって大通りに出た。

ロビンの運転してきた白い車でぼくは銀行に行った。まったく映画のまねだった。ぼくはポケットの中にジャックナイフとおもちゃのピストルをいれ、一九三〇年代のアメリカの銀行ギャングがロイドメガネの銀行員をホールドアップさせたように、札束をわしづかみにして外にとびだし逃げ去るという計画だった。いや、虫に喰いちぎられたように全身くまなくショットガンで穴をあけられた映画の男女みたいに、ホールドアップさせて金を出せと言うと、破産したばかりだという返事が来て、そのまぬけた銀行ギャングをからうように愉快なわらい声をおもわせるバンジョーが鳴りひびく、そんな場面を想い描いていたのだった。車から降りたロビンがぼくにウィンクと投げキスを送ってよこした。ぼくはロビンにむかってくすぐったいわらいを返した。

銀行のビルの前でぼくは深呼吸した。女優のわらい顔のポスターがウィンドウの中に飾ってあり、幸福積立預金と書いてあるえんじ色の自動扉の前に立った。扉がひらかれると、中は明るい照明と柔らかいバイオリンの音楽がぼくを襲い、ぼくは足を動かしてゆっくりと預金伝票の置いてある硝子ばりの机にむかって歩いた。足の関節の油が切れてしまったように歩きづらかった。パンフレットが硝子の机の表面におかれてある。女がソファに坐って足を組み、煙草をふかしている。ハイミナールが一錠百円であるのならつまり百万個のハイミナールを、この銀行から強奪した一億円という金で買えるわけだ。ＬＳＤを角砂糖にしみこませたのが一個五千円するとしたら、二万個のＬＳＤをぼくは買うことができ、約五十四年間毎日ＬＳＤをのんでいることができる。

ぼくは一瞬、自分の眼球や耳や脚が統覚を失ってばらばらに分解してしまったように感じた。蝶ネクタイをしめた男がぼくと、ぼくの後から入ってきたサラリーマン風の男にむかって頭をさげた。ぼくはその男のやさしいわらいを含んだ顔をみて、ふうてんの山田明が、ほんとうはこの街のどこかのブルジョアの家庭に生まれ、すくすくとなにひとつ屈折させられることなく育ってきて、いま銀行に小遣をおろしにきたのだと思った。薔薇の定期預金。くだらない、この銀行は趣味が悪い。ぼくみたいな大金持にはこの銀行は不向きだ。

薔薇の定期預金のパンフレットをもって、ぼくは男の視線を体のどこかに感じとめながら外に出た。

ロビンがクラクションを鳴らした。ぼくは機関銃の口まねをしながらロビンの車にむかって走りよった。

「どうしたのよ？　Rのあきらくん」

ぼくはロビンの白い車の中に乗りこみ、そしてパンフレットを後の座席に投げ捨てた。急に広がりはじめるざらざらした不快な感情を知った。もしここでバンジョーがかき鳴らされたらぼくは体の中いっぱいにつまった粗い砂のような不快感で息ができなくなり窒息してしまうだろう。車がぐんと前のめりになりながら発車する。「次の銀行でまたやってみる？」ロビンが車を運転しながら言った。ぼくは黙りこんでいた。どこかで音楽がなっている。

「あきらはほんとうに嘘つきだわ、なんだってやると言ってやったためしがないんだから」

森はアパートの裏の、光が板べいに遮られているために雨水の浸入をうけてぬかるんだまま乾かないヒマラヤ杉の根元にうずくまっていたらしい。彼はそうやって待っていたのだ。彼は息をつめ、彼をみつめているアパートの管理人の眼にとらえられたように、動かなかった。森はズボンの生地をとおして尻の皮膚にしみとおってくる泥のふくんだ寒気を感じとめていた。なにがおこったのかしら？　とアパートの管理人はその時思い、硝子戸をあけ、洗濯物のぶらさがったむこうにみえる森に声をかけ、馬鹿げたことはやめなさいと言ってやろうと思ったが、いつもの馬鹿げたことをまたやりだしたのだと思い、声をかけなかった。森はかすかにうごく。尻を泥の地面におちつけたのだった。裸のくるぶしが白く骨ばって泥がこびりついていた。上半身は肌着一枚で森が死んでいるのではなく管理人と同じように生きていることを証明するように腹の部分が呼吸のたびにうごいていた。

森はそうやって待ったのだった。長い時間が森の眼球と呼吸、つまり生理にも流れていることを知った。森はいまこの瞬間完璧な失語症におちいり、言うべき言葉、名づけうる言葉がどこの部分をさがしてもないことを知った。やわらかいぬくいかたまりのようなものがいたみのようにある。森はそれがいまひとつのつめたい泥にとけた原初的なるものをおおいつくし、まったくの不幸、まったくの悲劇になってしまうのを待った。森はなにものでもないつまり父の不幸そのものになることを望んだのだった。そしてそれが女の腹の中で泳ぎ動きまわっていた羊水にとざされた泣き声もあげずに生みだされた死んだ胎児の永久に発することのなかった声にみちみちていることを望んだ。成熟、果肉が血をにじませながらいたみを耐えること、なぜ森は森自身を超えることができないのか？　森は依然として待った。なぜ彼はやってこないのか？　船を乗っ取った犯罪人が父や姉を撃つように彼は自分自身を狙撃する者がやってきて、この現実がこの関係がこわれることを恐れていたのに、彼は声をのんだまま通りすぎた。なぜ彼は通過したのか？　なしくずしの腐敗、なしくずしの退廃。森は立ちあがった。あたりはすっかり暗かった。森はなにものか彼を呼ぶ声がきこえたように思った。モリ、モリ、ときこえる。管理人は呆けたように裏庭に立ちつくしている森の顔をみ、森が馬鹿げた行為から立ちあがりなお馬鹿げた考えにとりつかれていると思った。

「管理人のおばさんはその時よっぽど裸足のまま外にとびだして、なにをあんたはやってるのよ、ってどやしつけてやろうか？　と思ったらしいけど、そんなことしたら危険な感じがしてよしたらしいの」トコがぼくに言った。眼球に涙がふくれあがり、鼻腔の奥から流れおちる機会を待っている鼻水がみえる。

「わたしはいや、もう絶対にこの喫茶店にもこない。なぜこんなに簡単に次々と死んだりするの？」

「あいつは死なないよ」ぼくが言った。「あいつはいつも悪どいことをやって警察につけねらわれてるから、自殺したってうわさをばらまくんだ」あいつが首などつって死ぬるものか！　とぼくは思った。あいつはまた悪い遊びを考えついたのだ。

森は立ったまま耳の内側でかすかにきこえる声をきいていた。彼は森を置き去りにしたまま通過してしまった。なぜ森はその街にも住んでいる大工や左官屋やトラック運転手をやっている普通の男のように、悲しみを体いっぱいにみたし、声をあげて泣かないのか？

悲しみがわきおこらないのか？　悪い夢のように味の悪い眩暈のようなものが肉を内臓をとかしこんでいる。死んで生まれた子供に涙も流してやれない。たとえその子の口が獣のように裂けていようとみにくい犬の手足をもって生まれようと、森は彼を正統な嫡子として認め、彼が男として必要な争いのしかた、狩のしかた、漁の方法を教えた。受難、それこそ森の子供としてののぞましい。なぜ森はいつまでも単独であるのか？

森は歩いてアパートの玄関にまわり、暗い洗濯場で泥のこびりついた足を洗った。水が白くひかった。ズボンが濡れてしまった。左足はたわしでこすった。アパートの住人の誰かが石鹼をしみこませたままにしていたらしくこまかい泡がたち石鹼のにおいがした。女はまだ眠りつづけているのだろうか、と不意にその石鹼のにおいに難産を経験して眠りつづける女のことを喚起する。熟すのではなく果肉についた傷のために化膿して腐敗しつくす無花果、磐石のような女だ。森は水道の蛇口をひねって水をとめた。パンのように、ケンタウロスのようでさえもあったら。鉄の階段を音をたてながら二階にのぼり、彼は森とマジックで人の名刺の裏に書いて貼ってある表札の戸をあけ、せまいコンクリートを張った玄関にたった。壁に飾ってあるアメリカ合衆国の地図、女が子供を産むために病院へ入っている間のこの十日あまり、掃除もしていない、新聞と読みかけの本と食品類のちらかった部屋。ランボー詩集、ノーマン・メイラー、折口信夫、女の白とピンクのナイトガウンがかかっている。この部屋で森は女と性交し、この部屋で森は女と飯をくい、この部屋で森は女と夜を眠った。われらが不満の冬、と言葉が出てくる。おれだけのゆうよの冬、生殺しの冬。森は部屋に上り、足の裏についた砂粒が畳にこびりつく不快な触感をもったまま、ズボンを脱ぎすてた。不快だった。森は肌着とパンツ一枚で立ったまま、いま部屋の外の道路をとおる自動車の排気音とテレビの音を耳にしていた。この一千万人のいる街で森とそっくり同じ情況にいる男がいると考え、その心優しい男も森と同じように物というものが形をもたず手ごたえなくぐにゃぐにゃになっているように感じているのだろうと思った。個人的な不幸が個人的な不幸としての重さをもちあわせない、なにかしら奇妙に絵空事だ。女は本棚に背をもたせかけ、足を投げだし、よく森の手をつかんで脹らんだ腹にあてさせた。腹の子はうごいた。森は子どもの父になる。もし青春というものが単独者のものであるのなら、森は女とその子という関係にひきずりこまれ単独者ではなくなり、青春という熱に病んだほてった頬のようなものは終る。いま森は季節と季節の間の不安な病気になりやすいところにいて、病気にかかっている。

「森はつまり長い間、病気にかかっていたのよ。この都会で生まれてなんの苦労もなく小《プチ》ブルの家に育って、病気を病気だと思わないでこの街で遊び暮らしていたのよ。あの自称ミュータントが、自称ヴォワイヤンがなにをやったというの？　ヤクザとの喧嘩？　いかがわしいポン引？　小《プチ》ブルのお父さんからもらってきた金でディスコテクを経営すること？　あんな男は大きらいよ」

「トコは森にほれてたじゃないか」ぼくが言った。「森と寝たろう？」

「なにを証拠にあきらはそんなこと言うの？　あんなリアリティのない男は大きらいよ」トコは語尾を強く発音した。「森が死のうと生きようとわたしには関係ないわ。絶対に、絶対に！」

ぼくはトコと仁の顔をみていた。くだらないことだ、と思った。他人が死のうが生きようが知ったことではない。ある朝突然、他人が首をくくって死んだからといってぼくはおどろき悲しんで涙を流したりしない。もしぼくが自殺した他人のために涙を流そうとしても、ぼくの眼球の背後からは粗い砂がでてくるだけなのだ。ぼくはトコの顔をみていた。昔、ぼくの兄が首つり自殺をやった時も、ぼくは泣かなかったのだ。アルコール中毒で気違い同然だった兄を母や父たちが精神病院へ入れると言った時、姉は反対したがぼくは大賛成だった。その兄が首をくくって死んでいるということを知った時、ざまあみろと思った。兄をきらっていた母が涙を流しているのをみてぼくも泣かなくては悪い、と思ったが、涙はどうしてもでなかったのだ。

「森は自殺なんかできやしないよ」

「でも死んだわ」

「あのヒロポン中毒が死ねるものか」ぼくはトコの顔をにらみつけた。

ロビンが入口の扉をおして入ってきた。モダンジャズ喫茶店Rの中ではクラシックをジャズにアレンジしたブランデンブルグゲイトがかかっていた。ロビンは白い大きな手提袋をもって背をかがめるようにしながら一番すみのいつもぼくたち、この店の常連の坐る席をめがけて、まっすぐに歩いてきた。ジャズが鳴っていた。そしてぼくはドローランをのんでもいないのにけだるかった。ジャズ、ジャズ、ソウルジャズ。ぼくはけだるかった。なまあたたかいぼくの口腔のにおいをふくんだあくびが鼻の奥でわきおこり、それが充分成熟しないうちに、夏の道端に生えた朝顔の葉のように萎える。アメリカにぼくは行ってみたい。壁にYUMIと刻んである。赤いマジックインキでRの中にパリサイの徒をいれるなと書いてある。ロビンが手をあげて合図した。トコがロビンの合図につられたようにわらいをつくった。

「すごい雪よ、外はいっぱい雪よ」

仁が声をあげ、「かき氷みたいな雪か?」とロビンに訊ねた。

「森が自殺した翌日、世界はかき氷のような雪におおわれた」仁が歌うような声を出した。

「仁もあきらもロビンも、Rの人間は駄目ね、森のことをちっとも本気に考えてない」トコが煙草を指でつかんだ。ぼくはトコの不満げな横顔をみながら、姉の仕草に似ていると思った。

「ほんとうにいっぱい雪がつもってるのよ、眼が痛いほどまっ白」

「みにいこう」仁が言ってぼくの肩を押し、立ちあがった。

三人でRの扉をひらいて、外に出た。白く光っていた。寒気がぼくのひらいた二つの眼球からはいりこみ、頭骸骨を襲い、あごの関節が凍りつき歯がかちかち音をたてた。道路にも雪が柔らかくつもっている。人間や車が踏みよごした道路の中央は裂けた毛皮の間にみえる腐った肉のように黒ずんでいる。電線が重くたれさがっている。

「雪合戦しようか?」ロビンが男のように言った。

「あきら、やるか?」仁が白い息を吐きながら訊ねた。ぼくは黙って、眼球だけになって立っていた。むかい側のバーのくすんだ原色のネオンサインの上にかたまりがのっかっている。空から砂埃のように雪がおちてくる。

「ドローランをのむ」ぼくは仁にむかって一人言のように言った。ぼくは体の中に、吐き気のように雪みたいなしめってべとべとしたものがわきあがってつづまりはじめるのを感じていた。泣きだしたいような気がした。かつてぼくはこんなに大量にふった雪を一度だけみたことがあった。まだぼくらの一家が朝鮮部落のとなりの古い崩れかかりそうな家ばかりたった町にいたころ、母がいまの父と三度目の結婚をせず、母の血だけでつながった子供がポリネシアの母系一族のように暮らしていたころのことだ。むきだしのあの土地の石だらけの道が雪でおおわれ、ぼくはうずくまり両手ですくった。土と石ころが雪の中にまじった。「ドローランをのんで、ぼくはまたらりるんだ」

「らりっぱのあきら！」ロビンが言った。そうだ、こんなに感傷的な風景などみたくない。きれいになった街などこの街らしくなくて反吐がでる。ぼくとぼくの仲間たちには、亜硫酸ガスと手のひらにこびりついてくる油じみた埃におおわれた建物と、果実も花もさかない樹木が似合っているのだ。汚れたこの白い泡のような雪。

「あとで森のアパートへ行くのだから、車をみんなでおしてね、エンジンがかからなくなったの」

「冷えてるんだよ」仁が鼻と口からけむりのように白い息を吐き、雪の団子をつくりながら言った。

「バッテリがいかれちゃったのよ」ロビンが手をふりながら言った。ロビンの顔がひかっている。仁がかためた雪をロビンに投げた。悲鳴をあげた。Rの前の寿司屋から白いかっぽうぎをきた男が顔を出し、仁の攻撃をうけて逃げまわっているロビンをわらった。ぼくはRの扉の前に立ったままポケットの中にバラで入れていたドローランの中から指先の感覚だけで四錠とりだし、水も飲まないで口に入れ、奥歯でかみしめた。そのうちぼくにおとなしい酔いがおとずれるだろう。すばらしい世界、すばらしい現実だ。

夜、うずくまっていた。生垣に植えられてある固い棘をもった灌木種の木の枝がぼくの頭髪と額に触れ、甘くくすぐったい痛みを感じた。頬がつめたい。建物のむこう側で、自動車のタイヤの舗装道路を踏んで走る音がきこえ、そしてギアチェンジをして減速したらしくエンジンの音が変った。車が通りすぎるとまた暗闇にもどる。音は聞こえない。ぼくは口で大きく息をし、ぼくの体が、夜の暗闇の中で色のついたセルロイドの葉のようにつるつるした表皮の葉をもつ生垣や、土や、コンクリートに混じりあってしまったのではなく、ただ闇にまぎれているのだということをたしかめるように足に力をこめて動かしてみた。耳のそばで生垣のうごく音がはっきりときこえる。シェパードのようだ。心臓が音をたてて鳴り、体を鼓動させる。心臓は魚のようにぼくの体の中でとびはねている。守衛が懐中電灯をもって店の中を歩いているのがみえた。ぼくは懐中電灯の光を眼で追った。あいつはあと十分もすれば、仮眠をとりに店の二階の事務室にいく。ピーコックストア。英語のつづけ字で書いた看板がみえ、ネオンがストアのRを欠いたまま赤と緑の二色にひかった。懐中電灯の曖昧な光の輪がシャッターのない入口附近の硝子窓を照らし、そしてぼくがかがみこんでいる生垣の正面の荷物搬入専用ドアに光をむけた。ぼくはその内部の構造を知りつくしている。十日ほど通ってみた予備校で次郎という予備校生と仲間になり、彼が夜アルバイトで守衛をやっていると言って、このスーパーマーケットに招待した。地下は食料品売場だった。アイスボックスの中から彼はぼくに金を出させて皺がよったニンニク臭いサラミソーセージを取り出し、リンゴを二個ぼくに持たせた。彼が事務所の脇でインスタントコーヒーをいれている間、ぼくは暗い店の中で一人音もたてないでいることにあきて女のマネキンに抱きつき、キスをしたり乳房をひねくりまわしたり、すべすべした平たい股の間を指で撫ぜたり、ぼくの性器をこすりつけたりした。内部は赤外線警報装置のようなものが設けられ、それを取りつけているとたとえ風で裏口の扉ががたんと揺れただけでも、ブザーが鳴り響いた。

懐中電灯の光はもうみえなかった。ぼくは立ちあがった。ジャンパアのポケットに生垣の枝がひっかかった。いま店内の赤外線警報装置はスイッチを切られ、守衛が歩きまわっても鳴りだすことはない状態になっている。ぼくは身をこごめ、荷物搬入専用ドアに駆け寄る。バックスキンの靴底がコンクリートを張った駐車場兼用の中庭を踏むたびに、ひそひそ声のような音をたてた。音が冷汗をかいている。不意にわらいだしたくなった。ぼくはドアに体をくっつけて立った。ドアが動物のように筋肉や皮膚をもっているのなら、さながらそれに吸盤を貼りつけくっついた蛭だった。建築物の一番弱くもろい部分が、この扉だ。ドアのノブに手をかけ、指の腹につめたくこびりつく金属のなめらかな皮膚を感じ、それをぼくは右にねじった。ひらかない。守衛はいま二階をまわっているはずだ。このスーパーマーケットに入って、なにを盗ろうか？

十何年か前、自殺した兄がまだ生きていてアルコール中毒ではなかったころ、兄は母と姉とぼくたちのために駅前の洋服屋で正月の服を盗んできたが、いまのぼくに具体的な目標はない。セーターもジャンパアもまにあっている。子供のころ、春日町の少年に率いられる集団の一員だったが、駅前通りから踏み切りをわたって春日町に入る道の角の榎本で仲間が店の横に積みあげていた竹かごの中から夏蜜柑を三個盗んだとき、その行為をみていたぼくの眼も正しくないことをやってしまったと思った。母がぼくをぶちのめした。この手が悪いんか、ええ？　夏蜜柑を盗ったのはこのぼくではないと弁解しても母はぼくを許そうとしなかった。この手で盗っとをするんか、この手でバクチをうつんか？　兄がぼくを殴った。母の母親、つまり祖母が古座からぼくたち親子の様子をみにきていたころ、祖母がぼくにヨーカンをくれると言うのに要らないと首をふって唾を吐いたと難くせをつけ、兄が殴った。それは確実に難くせなのだ。ぼくはその時のくやしさをくり返しくり返し思いだし、絶対に忘れない。そうだ、とぼくはドアのノブを手につかみ左右にゆすり前後にひっぱったり押したりしながら思った。兄が首を縊ったと聞いたとき、そらみろ、と思ったのはそのせいかもしれない。みんな死んでしまえば良いんだ。森がどこへ蒸発してしまおうとぼくの知ったことではない。

ペンキで塗装され表面がつるつるしたドアに耳をあて、ぼくは店内をこちらにむかって歩いてくる靴音がないかどうかたしかめた。大丈夫だった。頬がつめたく、ちょうど檜杖《ひづえ》の浄水場で水浴びをしていた時、コンクリートとコンクリートの間にできた裂け目に指をつっこむと指が吸いこまれちぎれそうに感じるのがおもしろく、何度も何度もくり返したように、ぼくはその皮膚のつめたい触感を追いつづけた。つめたい水。皮膚が溶けてなくなってしまったように感じる。

となりのビルディングのむこう側に火事の炎でほてった空のように赤く着色された空がみえた。ぼくは、そのざらざらした空をみ、一日が暗くなって終り、死にはじめた人間が、ちょうどあがり切ってしまったバッテリを充電するように性器と性器をこすりあわせて、空が明るくなり薄い光を放つ太陽が顔を出すころ、やっともちなおして労働に出かけたり買物にいったりするための準備をするのだと思った。ほんとうは、みんな死んでいるのだ。死んだ人間どもは、死んだ子供をうみだし、死んだ子供は、死んだおもちゃと死んだ犬と死んだ銀杏の木と死んだ赤い反吐がでそうな色の花を与えられて大きくなる。おまんこは腐っている。ぼくは立ったまま、ぼくの性器に手をのばした。一瞬ぼくはぼくの性器も梅毒にやられて腐りはじめているかもしれないと思った。ジッパアをはずし、かじかんでちぢこまっている性器をとりだしてぼくは下腹に力をこめ、小便した。山と、その上を舞いつづける鳥どもの群を描こうとしたが、うまくいかなかった。靴音がし、それが近づいてくると気づいた瞬間、不意に光で顔を照らされた。目が眩んだ。「そんなところでなにをやってる?」と荒い声がした。ぼくはあわてて性器をジッパアの奥にしまいこんだ。「なにやってるんだ」ぼくは男が近づいてくるのを感じながら、逃げだそうか? と思ったが急に体が力なくけだるくなったのを知り、黙って立っていた。「おいッ」と声を出して男がぼくの腕をつかみにきた。ぼくは力をこめてその手をふりはらった。「この野郎」男は懐中電灯でぼくの頭を殴り、ジャンパアの首筋をつかみ前にひっぱった。「なにをやってるんだ。こんなところで」男の声がふるえた。「ちょっと事務所まで来い」ぼくは首をふった。体をねじった。腹が熱くなる。ぼくはジャンパアの右ポケットに用意していたアイスピックの刃の部分をつかんで、外に出した。頭で男の胸のあたりを突いた。男は懐中電灯を落とし、ぼくのえり首をつかんでいた手を放した。殺してやる。男の体をめがけてぼくはアイスピックをつきだした。確実な手ごたえがあった。男は叫び声をあげ、顔を手でおさえた。殺してやる。おれの邪魔をするやつは、八つ裂きにして血の海にのたくりまわしてやる。べとべとした液体がこびりついているアイスピックの柄を持ちなおし、顔を手でおさえている男の胸をねらって二回目の攻撃をかけた。

ぼくは走った。わきおこった風でぼくの香油で撫でつけた頭髪がぱさぱさに乱れ、ジャンパアが舟の帆のようにふくらんだ。心臓が音をたてて鳴っていた。喉がつまってしまい息苦しくなって立ちどまる。そして電柱のかどを左にまがった。ぼくは口をあけて呼吸しながらわらい声をたてた。ざまあみろ。手がべたべたして、ちょうど野原でみつけたバッタの尻をちぎって体液が指にくっついたように気持が悪く、ズボンのひざでぬぐった。ぼくはゆっくりと歩きながら、いま起ったことを反芻していた。いったいどっちの方向にむかって歩いているのかさっぱり見当がつかなかったが、恐怖は感じなかった。最初の一撃は男の顔の唇の部分か眼の部分に当ったのだ。そして男が顔を手でおさえたすきにぼくは体勢をたてなおして、胸のあたりを突いたのだ。男は犬のようにコンクリートに黒いよごれた血のしみをつくってうずくまった。懐中電灯が点灯したまま転がっていた。

ズボンの股が途中で止めた小便でぬれてつめたかった。なにかがぼくの体の中で壊れた。頭のあたりのネジが一本抜け落ちてしまって、脳が外にあふれでるように、ぼくは一人言を言い、わらった。そして不意にぼくは、もうアイスピックで刺してやった男の肉と骨と衣服の手ざわりが、指の間からもれる砂のように、手ですくいあげた青い海の水のように跡かたもなく消えかかっているのに気づいた。ぼくは両側に低い家の立ち並ぶ暗い道を歩きながら、いまピーコックストアの裏でやってきたことはほんとうは夢の中の出来事で、嘘にすぎない気がした。みんな歯痛、生理痛の鎮痛剤の副作用からくる幻想にすぎない。

道をまた左にまがり、ぼくは柔らかい勾配の下り坂を歩いた。バックスキンの靴底が音をたてて鳴り、後から誰かが尾行してくる気がして立ちどまった。ふりむいた。靴音はぼくの行為をかんづいたように鳴り止む。低い家の屋根のむこう側の空に暗く濁った半かけの月がかかり、それはちょうど半人半獣の巨人の潰れてしまった片目だった。いま悪い夢をみている。喉首や耳たぶにつめたい風がふいてくる。家々の庭に植えられてある常緑樹が乾いた音をたててうごめく。ふたたびぼくはゆっくりと歩きだし圧し殺した靴音がぼくの背後からついてくるのを感じた。ぼくは早足で歩き、そして不意に走りだした。耳の内側であきら、あきらという掛け声のようなものがきこえ、それをふりきろうとしてスピードをあげ柔らかい勾配の坂を走り抜けた。胸が苦しいことが心地良い。下り坂を抜けると大きなどぶ川が音をたてて流れている橋に出、ぼくはそこで走り止め、らんかんに手をついて大きな呼吸をくり返し、橋の横のラーメンの看板のかかった家の脇の水道で水を飲んだ。口の中にあふれ鼻腔に入ってくる。襞と襞の間を胃袋にむかって勢い良く流れこみ、水骨が立って喉が痛んだ。手を洗いながら、みんな嘘だ、とぼくは思い、そしていつか子供のころ、みんな嘘なんだ、こんなことは子供であるぼくが一人前の大人になるために大人たちが教訓劇のようなものをやってぼくにみせているのだと思ったことがあるのを思いだした。まず俳優は母だった。彼女は一度は死別、一度は生別という風に過去に二人の夫をもっていた。兄と姉は重要な俳優だ。彼らは母の最初の夫の子供であり、兄はアルコール中毒にかかり、幻聴をきいている。次に俳優はぼくだ。ぼくは演技を意識的にやりはしないが、役柄は母の二番目の夫の子供になっている。そして母の三番目の夫の役を演じる父。兄は酔っぱらって、アルコールを皮膚の血管のすみずみまでふくませどろどろになった体で、昔ぼくたちが母を中心にして生活していた春日町の家から鉄斧やナタや包丁をもってきて、みんなブチ殺してやる、と言って暴れる。土間のかまどや水屋を殴り壊し、そして姉は気違いのようになって兄をなだめ、母は怒り、涙を大量に流す。二幕目はその夜、兄と姉が帰ってしまった後、ぼくは勉強部屋で、父と母は仏壇の間で寝ている時、母の尾をひいた幾分甘えたような泣き声と、別れる別れないと父と母が言いあう声をきく場面だ。ほんとうはみんな嘘なのだ。いま現実におこっていることでほんとうのほんとうだと言えることなどありはしない、みんな嘘なのだ。《あにが二十で、いもとが十九》不意に春日町の盆踊りでうたわれる歌をおもいだし、顔にこびりついていた水滴をぼくはジャンパアのそで口でぬぐった。山田明、おまえは人間などではなく、蛆虫だ。ぼくは立っていた。《さてもめずらし兄妹《きょうだい》心中。兄のもんてん、妹にほれて。ほれたあげくが御病気となりて》ぼくはいままでなにをやって生きてきたのだろうか？　ぼくはこんなところでなにをやっているのだろうか？　たった一人でこんな暗い夜、立っている。不安がぼくの二本の脚を腐蝕させはじめる。脚が、体が、首がとけはじめるのだ。ぼくは他の誰でもない山田明という名前をもつぼくだが、いったいこのぼくはなんなのか？　予備校にすこしばかり通った。そしてモダンジャズ喫茶店Rを知り、毎日毎日そこにむかって出かけた。でもそんなことはみんな嘘だ。絵空事だ。ぼくは口腔にたまった唾液を舌の先でまるめ、勢いよく水道の蛇口あたりにこもっている暗闇にむかってそれを吐きとばした。ジャンパアのポケットをさぐった。無い。アイスピックが無い。痛みのような息苦しさが体を襲い、破裂しそうになった。アイスピックをあのピーコックストアの裏口におき忘れてきたのだ。

ぼくは走った。どぶ川にかかったコンクリートの橋をわたり、印刷工場やありあわせの板を打ちつけたバラック建てのような家の立ち並ぶせまい道をめくらめっぽうに走った。確実にぼくは悪いことをしてしまった。いままでのように警察官に不審訊問され、ぼくが予備校生であることとそれを裏づけるためにアパートの住所と氏名を素直に言えばすぐ帰してくれると言うのではなく、路上で逮捕されたアトムのようにいきなり殴りつけられ組みしかれ、鼻血を出しながら連行されるようになったのだ。腹が痛んだ。ぼくは走るのをやめ、小走りに歩いた。呼吸が楽になるのに従って、ぼくがいま泡を喰って走ってきたことがまだぼくに残っている子供っぽい所作のように思いおかしくなった。どうだって良いんだ。これがほんとうなんだ。

深夜スナックに入って、ぼくは夜半になると痛みはじめる親不知にあいた穴のために、と口実をつけて自分自身を納得させ、またドローランをのんだ。深夜スナックの暗い照明のついた便所の中で手垢によごれた鏡にむきあい、あきらちゃんのために、と言ってまず六錠を嚙みくだいてのみこみ、タブレットの中に残っていた四錠をアイスピックで刺された男のために、と思ってのんだ。これで今日スーパーマーケットで買ってきたぶんはカラになってしまった。鏡の中にうつった山田明の顔にむかってぼくは投げキスをし、アイしてるよ、とっても、と言葉に出して言った。ぼくは手ですくって水をもういっぱいのみ、そして鏡にうつった他人のようなぼくの体と顔の内部に不安と樹液のべとつく感触がつづまりはじめるのを不思議だと思った。杉の表皮にこびりついた透きとおったあめ色の樹液がぼくの手にこびりつき、そしてそれをズボンの尻でぬぐう。息苦しくなった。血のような樹液。松やに。風が川のほうから吹いてきてむれて息苦しくなる山のにおいをふきはらい、草どもが頭をななめにかしげ、木々の梢に密生した葉が一斉にふるえる。なにかが確実に熱い。始まりの始まりが一本の草の茎の中につづまった緑色の組織あるいは原形質のことを言うのなら、いまのぼくがそれだった。始まりの始まりの始まりがはじまったのだろうか？　つめたい水が食道を胃袋にむかって流れこむ。席に坐ってぼくは酔いがやってくるのを待った。奥のカウンターで、髪を赤く染めた女が酔っぱらっているらしく眼鏡をかけた男にしなだれかかり、店内を流れるジュークボックスの曲が、女性歌手のハスキィな流行歌に変ると、体をおこして背中にまわしていた男の手をはらいのけ、「なに言ってんのよ、愛してるだとか、別れるだとか」とどなった。「くだらないよ。みんななに言ってんだ。キザなことばかり歌いやがって」その声は完全に酔っぱらった人間のものだった。アルコールの気違いじみた暴力的な酔いにとらわれている女は、男のなだめの手を執拗にふりはらい、そして立ちあがった。ふらふらしながら、ぼくがさっきまで入っていた便所にむかって歩く。ぼくの隣りの席では、ねずみ色の作業服を着た若者が三人坐り、マンガ本を読みふけっていた。頬がしびれはじめる。ぼくはコップの水をのんだ。今日ぼくがやったことをRの連中に言うとあいつらはおどろくだろうか？　今晩中この街のスナックにいて、らりって、なにを考えてすごそうか？　まるで浪曲の因果物のようだと森にわらわれた自殺した兄と、嫁ぎ先でおこった兄弟喧嘩の末の殺人事件のショックで、一時気がふれていた姉など、母の血でつながったぼくのきょうだいのことを考えてすごそうか？　それともかつて兄が死んだ後、土建業を営む父とその息子と母とぼくの四人で、ジュンチョウに生活してきた野田の家のことか？　胃袋のあたりがあたたかくなってきた。「らりるれろ」ぼくは自分が酔っていることをたしかめるために、いや鎮痛剤で酔っぱらいはじめた自分が、このぼくであることをたしかめるために、Rの連中がよく面白半分にやるテストをくりかえした。

朝、めざめたぼくの頭の中でまだ夢に出てきた工作室の歯車が病人のようにうなり声をあげてまわっていた。ぼくの指はまるで材木にくっついた小枝のようにきれいさっぱりと電気ノコギリのような歯車（それは石でできていた）ですりちぎられてしまったのだった。歯痛、生理痛の薬の二日酔いで目がまわっていた。素っ裸で眠りこんでしまったので、体が病気にかかったらしく喉が痛んだ。

裸のまま起きあがり、部屋の隅にある洗面所にむかって歩き、ぼくはスティールアウェイというニグロスピリットを口ずさみながら、またはじまった朝のために、歯ブラシにホワイトライオンをたっぷりつけ、歯をみがいた。ロビンが煙草をすいながらぼくをみていた。ぼくはうがいをくりかえした。二日酔いから急激にさめてしまったように奥歯がつめたい水にしみた。きたない朝、不快な朝、反吐の色をした朝が、窓のむこう側をおおいつくし窓のすき間をとおってこの部屋の中にも入りこんでくる。男は新聞を読み、昨日一日なにもおこらなかった自分の生活の外で、殺人事件がおこったり、暴力沙汰がおこったりすることを確かめる。戦争もおこっている。生きのびることが大切なのだと男はそこから人生訓をひきだして思う。テレヴィが出勤の時刻を教える。男は新聞をたたみ、上着をはおって電車に乗るために外に出る。

アパートの前の道路に出て、ロビンはぼくに待っているように言い、材木屋の横の空地に停めておいた白い車をとりにいった。寒かった。ぼくは肩に力をこめたまま煙草を口にくわえ、火をつけた。風が強いのにラッキイにも一回でついた。子供が四人、道にクレヨンで絵をかいていた。煙草のけむりを胸の奥ふかくすいこみながら不意にぼくは不安になった。胃袋のあたりから悪い毒がわきあがり、明るい桃色の内臓をしびれさせ、皮膚をひび割れさせる。いや皮膚に石綿をこすりつけたように痛む。ロビンが鳴らしたクラクションの音がぼくの耳にとどいた。ロビンの運転する車の助手席に乗り、座席に背中を深くもたせかけ、さっき夢の中で石でできた歯車にすりちぎられてしまった指をみつめた。もう今日からは薬はのまない。やってはいけないということはやらない。ロビンは、ぼくがいつも歩いてRへむかう道ではなく、大きな道路をよって車を走らせた。ローギアからアクセルを大きく空ぶかしさせて発進させ、クラッチの上に足をのせたままセコンドにチェンジする。がたんと体が前につんのめる。道路は光のこまかい柔毛がはえて眩しかった。茶色の煤がこびりついた消防署の建物。銀行。そして陳列ケースに豚の内臓のいろいろな部分をわけて入れてある朝鮮料理用の食料品を売る店。石屋。風景は楽しい。書店、そのとなりはパチンコ屋、巨大な欅の空にむかって拡げたリンパ腺のような枝、喫茶店。ぼくの二つの眼球をとおして粘ねば糸を引いておちる鐘のような嫌悪感が体の中にわきあがる。ここは汚れすぎているのだ。なにひとつ無垢なもの、皮を破って発芽した植物の種子のように傷つきやすく観ているだけで皮膚がひりひり痛むようなもの、形は、ありはしない。ぼくと溶けあうものはない。こんな街は毳だった白い葉裏のような嫌悪と憎しみで焼きつくされるべきだ。女が乳母車をひいて歩道をゆっくりと歩いていく。後から来たトラックがクラクションを激しく鳴らし、ぼくたちの車を追い抜いていった。「ちくしょう、ロビン、抜き返せ」ぼくがかすれた声を出して言うとロビンはまるでぼくの言葉をきかなかったというように左手でカーラジオのスイッチを押し、「いいの」とうなずく。「ロビンの運転は下手だから事故を起さないようにゆっくり走るの」くだらない。ロビンはぼくを無視したまま前方をにらむように視ている。トラックは幌を風にはためかせながらスピードをあげて走りすぎようとする。もしぼくが運転に習熟していて、あのようなトラックがあったら、ぼくはこの街になんかいやしない。ハンゴウとナベと大量のインスタントラーメンをだけもって、サングラスをかけ、ブルージーンズの上下をきこみ、放浪の旅に出る。ほうぼうでぼくはトラック一台をもとにして金や食糧を手にいれ、はんこも身分証明書も使わずに田舎のバス停の前の薬局で大量に睡眠薬《ラリハイ》を買いこみ、携帯してきたFMラジオのモダンジャズ番組をききながら、らりる。エルヴィン・ジョーンズ、アーチー・シェップ、音そのものにぼくはよう。土埃にまみれ垢にまみれ日に焼けてぼくはジャズと薬の毎日を送る。カーラジオから流行歌が流れていた。ぼくはダイアルをぐるぐるまわしてヤンキー放送をさぐりあてようとした。ロックがかかっていた。それに英語でしゃべる男の声がかぶさり、ファーイーストネットワーク・トウキョオと言い、金属音がひびき、イレブンAMと時刻を告げた。十一時だった。あそこでもここと変りなく十一時だろうと思い一人でわらった。

道路を右にまがったスタンドのとなりの米屋の前で、たすきをかけた少女が印刷したビラの束を左手にもって演説しているのを発見し、ぼくはロビンに車をとめるように言った。ロビンはスピードをおとし、ギアをニュートラルに入れてゆっくりと茶色の先のまるまった靴でフートブレーキを踏みながら、「あきらはうるさいわね」と顔をしかめた。がくんと前のめりになって車はとまった。ガードレールをまたいで、高い声をはりあげて演説している少女のそばに歩いた。「世界はこのままではどうなるのでありましょうか？　あなたがたは一度だって、この問題を考えたことはあるのでしょうか？　あなたがたははかりしれないほど無知、であります。わたしの声を声として、きくこともないほど高慢でありますす」ロビンが車をおりてぼくの後についてきた。「あなたがたは、すべてが根底からまちがっていると思いませんか？　もう一度最初から、大もとから、根っこからこの世界はやりなおすべきだと思いませんか？」少女はぼくとロビンが自分の演説をきいて立ちどまったと思ったのか、二人に呼びかけるような口調で言いつづけた。〈世界はことごとくまちがっている〉と墨で字を書いたたすきが胸のちいさい脹らみからやせた体にまきついている。「よお」とぼくは乱暴に声をかけた。少女はぼくの声でやっとぼくたちがビラを持っていないことに気づいたというようにビラを二枚めくってくれた。「あなたがたはまだめざめようとしないのでしょうか？」ぼくは息をすって新たに少女の肩をたたいた。一瞬、少女はおどろいて声を止め、そして聴衆がぼくとロビンの二人であることに気づくと、「あなたたちは訴えをききに来てくれたのね」と少女の口調にもどって訊ねた。

「違うよ、あきらが車の中からあんたをみつけて、停めろと言ったんだ」ロビンが男の口調で言った。たすきをかけた眼鏡の少女はロビンの言葉をきいて腹立ち、そしてロビンを無視するようにぼくにむかって「この前もあなたはきいてくれたわね。病気はなおった?」と訊ねた。「病気か?」ぼくは少女にみつめられていることがはずかしくなった。「病気はもうなおったんだ。薬ものまなくて良いし、やって悪いということはもうやらないんだ」「よかったわね。自分で病気だと気づいていることは、一日もはやくなおすべきよ」「ありがとう、君はやさしいね」まじめな口調でぼくは言う。ロビンがぼくの背中を指でつつく。「あきらのふざけかたはつまらないよ」

たすきの少女はロビンを無視したままぼくに「車に乗ってやってきたの?」と訊ねた。「あの白い車?」少女のつきだした指先のむこうに停まっている車をみて、ぼくはそうだとうなずき、そして車に乗せてやろうか? とさそった。少女は眼をほそめて眩しげにわらい、「どこへ行くの?」と訊ねた。「どこだって自由なんだ。君の行きたいところだったらGSをやっている劇場でも、教会でも」ロビンがぼくにウィンクした。「自由なんだぜ。ぼくたちは、なんだってできるんだ。ぼくたちの手や足に鎖をつけることなど誰にもできやしないんだ。ぼくたちはとびながら歩く」

「あきらはつまらないよ。こんなふざけかた」ロビンがぼくの後で言う。ぼくはこの少女を車にのせて、たぶんうまれてまだ一度もいったことのないだろうモダンジャズのがなりたてるRへつれていって、歯痛、生理痛の薬をのませてらりらせてやろうと考えていた。

らりる、たぶんその言葉は酔ってしびれっぱなしになってしまった体が一時ただの眼球と、こまかい糸のような知覚神経でつながった意識が、煙草の白いけむりをとらえた時、そのけむりがらりるるれれというラ行四段活用の文字を書くようにうごめいてみえるところからきたのだろう、とぼくはつねっても殴りつけても痛くないほどになってしまった鈍い皮膚の感覚をおもい出しながら考えた。

「じゃあ駅前までつれてってくれる？」

ぼくはうなずき、鼻腔で大きく息をし、体の中ににじみ出す水のようなさらさらした不安を感じとめ、車にむかって足早に歩き出した。遠くでクラクションを激しく鳴らす音がきこえた。ぼくが車を運転してやる。運転台のドアをあけ、ロビンに車のキイを出させた。ぼくがロビンとつきあっているのは、ロビンが車をもっていると言うただそれだけの理由なんだ、とぼくは思った。誰もぼくは愛していない。この土地に住みついているなまがわきの屍臭をたてる人間ども誰一人好きではない。エンジンのスイッチを入れた。車は震動しはじめ、ぼくはロビンにならったとおりにクラッチ板に足をのせてきり、ギアをロウに入れ、アクセルを静かにふかした。サイドブレーキを離して、車を発進させようとし、クラッチを徐々に離しはじめた。車はゆっくりと動きはじめ、そして不意に大きく犬のように身ぶるいして停まった。「クラッチをもっとゆっくり離すのよ」助手席からロビンが言う。二回めに、車は支障なく発進した。アクセルをふみこんでエンジンをふかしてセコンドにギアチェンジをし、三十キロでサードに、五十キロでトップにいれた。道路がまぶしい。一番左の歩道寄りの車線を走っていたので、車が次つぎと追い抜いて行った。ぼくはスピードをあげた。メーターの針が八十キロをさし、エンジンブレーキをつかうとたちまち五十キロにダウンした。

「あなたたち二人はなにをやっているの？」後の座席から不意に少女が訊ねた。ロビンがくすぐったい声を出してわらい、そして運転しているぼくにむかって、「あきらは毎日なにをやっているの？」と訊ねた。前方の車のブレーキランプが点いているのを知り、ぼくはブレーキとクラッチに足を乗せていつでも停まれる態勢にした。

「ぼくはね、俳優なんだ」

「俳優なの？　映画とかテレビに出る」

「ああ、そうさ」

ロビンが顔に手をあてて笑いをこらえる。

「でも、結局みんな病気にかかっているのよね」少女が座席から身を乗り出し、ヘッドレストに手をかけて言う。「病気にかかっていない人なんて存在しないわ。この世界はやっぱし根っこからまちがっているのよ。どこかからまちがっているのよ。戦争があったでしょう？　みんなバラバラになってるでしょう？　人のことなんか知らない、自分だけが幸せで良いと思っているでしょう。このままではみんなほろんでしまうわ。くずれきってしまうわ」ロビンが少女にみつからないようにぼくのふとももを押し、わらいをこらえるような声をたてた。「なぜこんなふうになったのであろうか？　と考えるの、毎日毎日。学校へ行ってる時も、いつもよ。夢の中で核兵器の戦争でぐしゃぐしゃになった風景の中でたった一人とりのこされて野原に立ってるの。ああ、わたしだけが生きのこってなにができるのであろうか？」

ロビンがわらい声をたてたとき、ぼくは右側から追い越しをかけてきた車に道をゆずろうとしてハンドルをきりそこね、ガードレールに車の左のフェンダーミラーの部分をぶっつけてしまった。あわててブレーキをふんだがまにあわなかった。後の座席の少女が泣きだす。わけがわからなかった。少女は車がガードレールにぶつかった時かそれとも急ブレーキをかけた時の衝撃で車の内部のどこか固い部分に額と眼のあたりをぶっつけてしまったらしく、眼鏡のレンズにひびわれができ、額から血を流していた。ロビンはぼくの顔をにらみつけていた。少女は右手に、印刷した〈世界はことごとくまちがっている〉のビラを握ったまま、左手で額と眼のあたりをおさえ、ああ、ああと声をあげて泣いた。「あたしだけがなんでこんな罰をうけなくてはいけないの？　わたしだけがなんでこんなに血を流さなくてはいけないの？」

ロビンが車からおりて後の座席にのりこみ、少女に白のハンカチをわたした。「痛む？」と訊ねた。少女はロビンの声をきいていっそう傷口がうずき甘い痛みが増したと言うように、ああと声をあげて泣いた。ロビンがひびわれのはいった赤い縁の眼鏡を少女の顔からまるで痛みをもたらす犯人であると言うように、とりのぞいた。のっぺりした顔があらわれ、小さな眼に涙がいっぱいたまっているのをみて、ぼくはおかしくなった。「あきら、警察がくるかもしれないから車をうごかしてよ」ロビンが言うと、少女は泣くのをやめ、「まちがっている。まちがっている。ここでわたしをおろして。これ以上苦しめないで」と叫ぶように言った。

二人でRへ行った。映画館につながる道を右にまがり、喫茶店と食堂の間のゴミ箱を並べてある裏道をまさにどぶねずみのように身をまるめて肩をすぼめて歩いた。ふらふらしていた。体のどこか、頭のどこかが病気に蝕まれ腐りはじめているようにぼくは熱っぽく悪寒がした。香油のにおいが鼻にこびりついていた。Rの中に入り、ぼくたちは一番奥の席に坐った。潤子と仁が居て、薬をのんですっかり出来あがってしまっている比呂志をとりかこんで坐っていた。比呂志はぼくの顔をみるとわらいをゆっくりとつくり、「あああきいらがあ、ききいたあ」と呂律のまわらない声で言う。「このごろやっぱし尻の比呂志も元気ないな」ぼくが言い返した。比呂志は鼻の前あたりに手をあげてそれをひらひらふり、「ももうりがししんだってえ?」とぼくをからかった。比呂志は左腕をまくりあげ、右手にもった煙草を深くすいこみ、先が赤く熾ると唇をつき出してけむりを吐き出し、左手の手首にそれをくっつけた。「じゅうしいちいだなあ」薬で神経をやられてしまっているので皮膚は鈍い熱を感じるだけで、皮膚が煙草の火によって焦げ、死ぬ。比呂志は煙草をはなし、ふたたびけむりを深くすった。ロビンがぼくの耳たぶに唇をくっつけ、息をふきかけながら、「狂ってるわねえ」と言い、歯をかくしてわらった。マイルス・デビスがかかってい、ぼくはまるでこのRの中に流れている空気の中に人の骨や筋肉や猛々しい感情を萎えさせるガスのようなものが混入されているふうに、呼吸するたびに急速にけだるくなっていくのを感じた。ここは街の中にできた沼なのだ。ぼくは沼のぬくい水に腹をつからせている蛙だ。ただぼくは完全な死体ではなく不完全な死体であることを示すためのように呼吸のたびにその腹をうごかして、光の具合が変るのをまっていた。スペイン。死人どものうごめく光の土地。土のにおいが鼻腔にこびりつく。くだらない。そしてぼくはRのバカになってしまったスプリングの席に坐ってけだるく力ないまま、不意に走りだしたいような感情、不意に泣きだしたいような感情、いや不意に叫びだしたいような感情が、体の中をいっぱいにしはじめているのを感じていた。不安でもあった。喉に雑草がつづまり根をはったようにそのひりひり痛むものは体の中にたまり、外に出ず、そのうち穴という穴、毛穴という毛穴から外にゆるゆるともれはじめる。

「あのね、あんな比呂志みたいなことやっていると、ほんとうに頭がおかしくなるんだって」ロビンが言う。黙っていた。ジャズをきけ。ジャズを。マイルス・デビスがいまこのぼくのためにトランペットを吹いている。ぼくはけだるく、眠りにおちいる覚醒の端にいるように耳からはいってくる音の連なり、重なりのひだに、ぼくの心のテレパシーを感じる部分の波長をあわせる。ふくらんでねじれる。つかんだはずだったが指のすきまをぬめってすりぬけてしまう。そして不協和音。ぼくは音そのもののうごめきを追うことから離れて、音がぼくの指のすきまをすりぬけるときにこすりつけたヌタのようなものに足をとられた。MG5のにおい。ぼくの部屋の中においてある予備校のテキストを入れたダンボール箱。ジャズの色が変る。私鉄の線路ぞいに作られてある枕木の柵と有刺鉄線。雑草。MG5のにおい。轢死体。いやだ、ぼくは絶対にいやだ。

「十八個もつけたよ」仁が言う。ロビンもいっしょになって比呂志がまだ煙草の火を手首にくっつけようとしているのをみている。デビスが終り、不意に店内が静かになり、曲がエリック・ドルフィーに変る。不意にぼくは子供のころぼくたちが人轢きのトンネルと呼んだ山と山との間にこじあけられたようにあるトンネルをおもいだす。それは肉体に痛みをもたらすことのない暴力だった。ぼくはレールに耳をあて汽車が川にかかった鉄橋を音させて長島のほうからやってくるのではないかと思い、確かめた。音はしない。季節は夏だったか、それとも梅雨期の人を黙りこくらせる皮膚につめたい雨ばかりふる頃だったのか定かでない。すべてはあいまいだ。水のにおい。そしてまくれあがった草の根と赤い傷のような土のにおい。姉はそこで泣いた。顔を手でかくしもしないで立ったまま眼球の奥から涙をにじませ、眼にいっぱいふくれあがらせた。それはいったいいつのことなのかぼくにはわからない。いまたしかめる術《すべ》もない。ベースとドラムが耳の穴いっぱいにひろがり、微熱のあるせいかほてったように熱い額の内側、頭の中心部でひびく、髪に大量にこすりつけたせいかMG5のにおいが鼻につく。

「すごいね。十九もつけたのね。熱くない?」ロビンが比呂志に訊ねた。

「ああつくなんかないさ。へいちゃあらあだよお」比呂志がぼくを意識して虚勢を張る。ジャズをきけ、ジャズを。ロビンがぼくの肩に頭をもたせかけて、比呂志と潤子と仁の様子をうかがっていた。ゴキブリどもめ。赤犬め。薬をのんでらりってやるのならあんなことぐらい百個でも二百個でもやれる。それがどうしたと言うのだ。学生のグループが入ってきて、ぼくたちの席の隣りの首のちぎれた剝製の鴨を貼りつけてある壁の席に坐った。

ぼくはマッチをすって、壁に投げつける遊びをやっていた。ロビンはまるでぼくのほんとうの恋人であるように肩に頭をのせたまま、マッチをすり、炎がつくと同時に、壁の〈暴力には反対しませう〉と誰かがふざけて落書した部分にぶっつけているぼくをわらい、「子供みたいなのね」と言う。くだらない。桃色にそまった回虫のようなスパゲティ・ナポリタンを一口食っただけですぐナプキンで唇をぬぐい、ゴチソウサンと言うロビンにいったいなにがわかるもんか。ぼくは遊びをやめた。そして体の中に濃い反吐のような意味不明の焦だちがつづまっていると思い、不意に口の奥の桃色の舌のつけ根からぬくい甘い唾液が流れだしてくるのを感じとめた。眩暈がする。猫の裂けた桃色の腹部。とじたりひらいたりするにわとりの眼。喉の奥に柔らかい反吐のかたまりがつまっている。ぼくはロビンの頭を乱暴に払いのけて立ちあがった。吐き気がするんだ。腰の部分を座席の背にぶちあてた。ぼくは口腔の中にあふれてくる唾液を唇に力をこめ外に吹き出さないようにこらえたまま便所へ急いだ。吐き気がするんだ。便所のノブを手でまわしてひっぱった。ことごとく燃えつきてしまえ。

一月四十五日、その日に森に出あった。ぼくが薬をのんで、モダンジャズをぶっとおしにきいていたためにおかしくなってしまった頭の部分（それはたぶん薄く精巧にできている柔らかい触感の鼓膜からつらなったあたりのビスが一本ゆるんだのであろう）をもとへもどすために、Rの裏の道をとおって、ミリーにパチンコをやりに歩いていた時だった。たしかにその男は死んだはずの森だった。ぼくは通りの銀行の前に立ちどまったまま、ぼくとなにひとつ変ることのない装置をもった通行人たちに邪魔されながら、背広を着て歩いていく森に声をかけた。背広にネクタイの森、そんな恰好はいままで想像したこともなかったが、たしかにその男は森だった。ぼくは一瞬、かつて子供のころ、兄が首をつり、棺桶の中にいれられ火葬場で焼かれたのをみていたにもかかわらずほんとうに突然失踪し、またそのうちひょっこり帰ってきて、酒を飲んで暴れるのだと思ってい、空が濁り夕焼けが終る頃学校のそばの入りくんだ路地で運搬自転車にのった長靴の男をみつけてがく然とし、あわてて後を追ったのを思いだした。ほんとうに兄は死んだのだろうか？

森は何度目かのぼくの呼び声に立ちどまった。そしてぼくの顔をみて愉快そうにわらい、「ひさしぶりだなあ」と大袈裟なRの連中に流行っている手を横にふる人を喰ったような合図を送ってよこした。「売人《ジャンキー》にあって、念願のマリワナ仕入れたか？」たしかにそれは森の声、森の言葉だった。「みんな元気か？　前と同じようにRで遊んでるか？」

ぼくは銀行の大理石のつるつるした壁に歯痛、生理痛の薬と黒人どものつくりだしたジャズでやられてしまった体を腰から折りたたみ式の椅子のようにくずれ落ちるのをふせぐためにもたせかけて、森をみていた。森は曖昧なわらいをつくってぼくをみている。こいつは昔の森じゃない。

「あきら、おれと話しようか？　だれにも話してはいないこと、まったくおれだけが秘密にしていることを話してやるぞ」ぼくは銀行と中華料理店の間の裏道に置いてある青いポリバケツめがけて、首をねじって唾を吐いた。この街の体臭のようになっている塩素のまじったようなにおいを感じとめる。「おれが金払ってやるから、喫茶店へでもいって、おれのはなしをきけよ。わからなくても良いから」

「らりってるんだよ。なんだ、ネクタイなんかしめてよ、キザに」

「あきらはあきら、おれはおれだ。らりってても良いよ。わかってくれなんて言わないから。わかるなんて思うのは、おかしいんだ。おれはいまな、めくらめっぽうに告白したいんだ。めちゃくちゃにしゃべりまくりたいんだ。しゃべって、しゃべって、しゃべりまくりたい」

「森が死んだとみんな言ったよ。死んでりゃあ良かったのに、トコとか仁とか、ロビンなんて泣いてたんだぜ、かわいそうに」

八錠ほどの薬がぼくの体を駄目にしている。関節の油が切れ、銀行の大理石にもたれたまま脚から倒れてしまいそうになり、背中と尻に力をこめて、壁に体をおしつけてそれを防いだ。

「そうもいかんだろう。あれもこれもあわせてみんな告白してやるよ」

「告白？」

森はうなずいた。ぼくは滑稽な気がした。告白したがっている蛆虫。告白したくて身悶えする埃と排気ガスのまじった風に素裸の梢を震わせているプラタナスの植木。毛のように長くのびた草。森はぼくがいきなりわらいだしたのをみて不機嫌になった表情をみせた。自動車の屋根とフロントグラスのあたりが柔らかい光をはねかえしている。いったい森はぼくにむかってなにをしゃべろうというのか？　ぼくは大理石の壁にもたれたまま眼をとじ、まぶたの内部にひろがったあたたかい白い闇を感じ、そして頭の中心部でわきあがっているしびれたような感情を味わい、みんな告白してしまいたいと言う森の言葉を反芻した。そしてそれが胃袋の中にふたたび緑のどろどろにとけた言葉としておさまる。無数の（数えようと努力すれば可能だろうが）通行人どもの、ぼくの耳の穴から入りこんでこのぼく自身を蝕んでしまうような歩く音、わらう音、しゃべる音がきこえる。そうだ、とぼくは思った。ぼくもそして森も、たかだか一人の日本の街の中にいる若い男にすぎない。

その二人はRの通りにある純喫茶店に入った。しかしぼくは、その森といっしょに喫茶店に入った一月四十五日と言う日を、これから一生忘れないだろうと思う。森は喫茶店の中に入ると突然心変りがして不機嫌になったように黙りこんで、ぼくをみていた。

「何錠のんだ?」森がやっと言葉を思いついたと言うようにぼくに訊ねた。

「やっつ。まだ一ケース、ポケットに入ってる。歯がね、いつ痛みだすかわからないから」

「トコはどうした?　なにやってる?」

「知らない」

「由起子は?　髭のオヤジは?」

「ロビンは?」

「知らない」ぼくは喉が乾いているように思ったので、タンブラーの中の水をのんだ。その乾きはなにかしらぼくにとって天地がひっくり返ることより、水爆が街に落とされたと言うニュースより重大なことのように思えた。森のポケットからとりだした煙草がマッチとともにテーブルの上におかれてある。涙のようなコーラの滴。ぼくはまもなくウェイトレスが運んでくるのであろうコカコーラのかっ色の液体を想像した。墓場のようにここは暗くてぬくい。そして死者がたいくつしないようにポップスがかかっている。「みんななにやってるか知らない。ぼくはなんにも知らないいらりっぱのあきらだよ」

「おまえは全然変ってないな」森はネクタイをゆるめ、煙草の箱から一本抜きとって口にくわえ、マッチをする。

「告白しないのか?」

「告白？」

森はおどろいてぼくをみる。「なんの告白？」森はそう訊ね、不意におかしくなったらしく高いわらい声をたてた。「なにをおれは告白したら良いんだろう？　この世の中の不幸や悪意を食って生きているオニヒトデのような少年に」森は芝居じみた声を出した。「なにをおれはおまえに告白するんだよ。ここにいま生きて存在していることか？　柔らかく壊れやすい機械のようにこの体があるんだと言うことか？」

「赤ん坊死んだって？」

「デマだよ、それも。デマ。Rの連中はろくなことを噂しない」

「宇宙の話しようか？」

「いや話したいのはそんなことじゃない。そうだな、あきらの言うようにおれは告白したいんだな。いったいなにを他人に告白すれば良いかわからなくなってしまったことを言いたいんだな。わかるか？　それが転向と言うやつだよ、きっと。要するに年とるんだよ」

「くだらないこと言うよ」

「十九歳のおまえは他人に純粋にまじりっけなしに自分はこういうものだと言うことができるだろう。主張することができるな。ところが、二十五、二十六にもなると、風化してきたぼろぼろ岩のように崩れてきてある日すっかり硬いダイヤモンドのようだったものが砂になってしまっていることに気づくんだ。後に残っているのは十ぱひとからげのどこの映画館に行っても上映している通俗の安ものの感傷しかないんだ」

「そう言うけどおれはウジムシだよ」

「おれはねえ、飯場のようなところで働いたんだ」

「飯場?」

「そうだ、おれはそこでよみがえりのために働いていたんだ。そこではっきりわかったよ、おれはもう若かねえって。ヴォワイヤンでもないって」

「つまらないな、みんな森が死んだんだって思っていたんだよ。トコなんかに馬鹿にされるぜ」

「飯場って言ったのは独身寮のことなんだ。おれはそこで働いた。労働の衝動とはいったいなんなのか考えたくはないが、おれは或る日或る朝突然すっかり足を洗ってしまいたくなって、その労働の衝動と言う結構なやつにつきうごかされて、工場へ行った。労働とは、なんのことはない、肉体をどろどろにすることなんだ。おまえは夜勤が朝の六時になってサイレンと共に終り、ことごとく音が鳴りやみ、日勤者のためにボルトや器具を準備してやる時に感じる肉体の疲労を想像できるか？　皮膚も骨もなくなり、肉が、全身でくまなく光を感応する、植物の葉のように変っていることに気づく。なにひとつつくりおおせたとは思えない。ただ肉体が疲労し、意識が眠りこみ、植物のようになっている。飢えはまたもやその眠りからのめざめとともにやってくるだろう。箱の中に整理したボルトが、朝、工場のあかりとり窓から入りこむ光で黄金色に輝く。おれはそのボルトを油でよごれた手ぶくろをはずして素手でつかみ、つめたい金属の触感を味わい、ポケットに入れる。おれはいまなにをしたいのか？　と思う。皮膚から吹きだした熱い汗が朝の妊んだ寒気で冷え、跡かたづけを終えて工場のタイムレコーダーをおすまでのサイレン待ちの間、おれはベルトの上に腰かけてふるえている。おれはすこぶる単純になり、言葉や意識になってうかびあがってはこない鈍器のようなものがおれの体に流れているのを感じとめて、ただ考えている。おれはなにをしたいのか？

「はやくしゃべれよ」ぼくは森をみつめたまま言う。口の中が乾き、コーラを飲む。

「鈍い重い川の流れ、それがおれの体の中にある。単純になり単純に感覚するたびに、おれの体にあるその鈍器のようなものは、内部でますます複雑に屈折する。ちょうど円が無数の角をふくむようにだ。ゴムマリは圧力をくわえると変形はするが、ただ破裂して中の塩っぱい空気が外に出ないかぎり、やはり無数の角でなりたっている。おれはなぜ飢えるのか？　不意に衝動はおきるのか？　おれは自分のことをわかりたい。おれ以外ならだれでも良いおれとちがう生理をもった人間にわかってもらいたい。でも、いまもしなれなれしくおれをわかるなどと言うやつがでてきたら、そいつをたたき殺してやる。めちゃくちゃだな。おれはこの年齢にいるおれのことについてなにひとつわからないけど、しかしながら告白したい気持でいっぱいだ」

「じゃあ、やれよ。告白しろよ」森はぼくの言葉をきくと不意に黙った。騒々しいだけのポップスが店内に響いている。けっして悪いふんいきじゃない、と思う。森が水をのみ、滴を唇の端にくっつけているのを知り、不意に大笑いして安もののガラス玉の、いやプラスチックでできたぐみの実のようにべたべたした感傷にひたっている森を、徹底的にいためつけ、傷つけてやりたいと思った。

「告白？」

「うん、告白、ぼくがきいてやるから」

「馬鹿、いままでのは冗談だよ」森は歯をむきだしてわらう。「告白するってなにを告白するんだよ。なにを告白したらいいかわからないってことを告白するのか？」森は涙をながしてわらう。「相変らずおまえはおもしろいな。おまえとおれは良いコンビだな」

夜、ぼくは眠りにおちこみ、夢をみている。そこはたしかに倒産したスーパーマーケットの横の細道からつらなる柔毛の生えていた内臓のぬくもりのある警報機の踏み切りだった。ぼくは歩いて自分のアパートからここにやってきた。足のかかとに靴ずれのためのぶよぶよふくらんだ水ぶくれができ、その皮がやぶれて水っぽい液体が流れだし、桃色の肉がみえ、血がにじんでいた。しかし痛みは感じられなかった。ぼくは流行の丈の長いコートを着ていた。いつも街でうろついていた時には着ようと思わなかったコートを羞かしく思い、きちんとなっているかどうか点検しようとした。コートのボタンをはずすと、中に着ているワイシャツが粘液でべたついているのを発見した。誰かに性病をうつされ、それで体中の皮膚に穴があき、そこから粘液がにじみだしている。知られてはまずい。ぼくはあわててボタンをはめる。風が吹いている。石ころだらけの道をぼくは歩きつづける。光があたってい、眼に眩しい。家がむらがって建っている。ポケットの中からアンパンをとりだして食べようと口をあけて嚙みつくが、前歯がすっかり崩れてしまっている。これから人前で話をする時は歯がすっかりなくなってしまったことを悟られないように口を手でかくさなくてはならない。音もしない。犬の姿もみえない。ただ光だけが強い。男が後からやってきて、「自転車に乗らんのか」と訊ねる。「いや乗らせん」ぼくは方言で答える。「吾背《あぜ》はどっから来たんな?」男はぼくをみつめる。ぼくはその男がピストルで暴力団の幹部の腕をうちぬいてしまって少年院に入っていた若い衆だとわかる。「あっちや」ぼくは口を手でかくしてあごをしゃくって答える。男はそのぼくの様子をみて馬鹿にしたようにわらい、「女みたいなカッコすんな」と頭をこづいた。「だあれもここにあらせんど」

　口の中が苦く乾き汗が首のあたりやわき腹のあたりの皮膚からにじみだしている。ぼくはふとんの中に入ったまま、夢をみているのともそれともめざめているのとも判断できない曖昧な植物の細胞の膜のようなところにい、曖昧にめざめ、そして味の悪い夢におちこむという運動をくり返していた。草の汁のにおい、杉の樹液の乾燥するにおいが鼻にひろがる。手遅れなにもしたくない。腕も脚もうごかない。ここは四畳半のぼくの部屋だった。手遅れの性病にやられた体から粘液がだらだら糸をひいてながれおちる。ぼくの体のどこかが腐っている。暗い。なにもかも曖昧にとろけこんでしまっている。なにかが悲しい。痛い。なにかがぬるぬるしている。こうやってふとんの中にねころんでいても時間が過って朝になるのだろうか？　不意に海のにおいと音を思いおこす。いまぼくは感情の器だ、液体をすくいとり液体に形をあたえる一個のタンブラーだ、いっそのことそのタンブラーを粉々にくだきただの硝子の破片にしてしまったらどうだろう、いっそのことすべて知覚する器官を破壊し脳味噌をぐちゃぐちゃにしてしまったらどうだろう。母がいて父がいた。あたりまえのことだ。だれにでも母や父はいる。兄や姉や妹や弟はいる。しかしぼくはなにひとつ自由ではない。しばられ、まるでその呪いにあてられたように性病にかかり、具体的に体が腐りはじめている。告白しようか？　とぼくは森の言葉を思い出して喉の奥のほうで言ってみる。実のところぼくには梅毒の血が流れているのだ。そしてくすぐったくなりぼくはわらいの表情も声もこらえたままわらう。やわらかい眠りが眼窩の奥のほうから重みを増しながらゆっくりとまぶたの上におりてくる。あのスーパーマーケットのことなんか考えるから不安になり変なことを考えはじめているのだ。夢がふたたびぼくをひきこもうとした。ぼくはまた歩いている。木の粗末な橋のむこう側にラーメンと書いた赤いちょうちんをつるした屋台があり、そこで豚足を売っていた。後から武装した警察官がジュラルミンのたてをもって追いかけてきた。「ただいまより公務執行妨害で逮捕します」わけがわからなかったが恐怖《パニック》のようなものが襲い、ぼくは走りつづける。そして電車にとび乗った。ぼくは座席の下にかくれる。武装警官たちはインディアンのような雄叫びをあげ、たてとよろいの音をさせながら通りすぎた。電車は青白い閃光を放って、前のめりにゆれて発進する。次は、スズメノスー、スズメノスー、すくなくともこの電車に乗っていれば警察官に逮捕され顔の形も変るほど殴りとばされることもない。ぼくは電車の中に立って、外の風景をみる。外には雨がふっている。眼鏡をかけたあの少女が予言したように、ついに破滅のときがきた。雨は今日から十月十日ふりつづく。地表は水でおおわれ、細かく絶え間なくふりつづく雨が集まってできる水にことごとくのみこまれてしまう。破滅だ。絶対に希望なんかない。歯が痛む。眠りが痛みにまぶされているのを味わいながらゆっくりとぼくはめざめはじめ、そしてぼくが絶対にたすからない、と思っていたのは、雨がひきおこす大洪水ではなく、神経のとびだした歯の痛みからであることを自覚した。親不知にあいた穴を舌の先でさわってみる。ぼくはふとんの中に寝たまま体に力をこめる。痛みはさまざまに変化しながらぼくの体の中に居すわっていた。いきなり立ちあがった。そして手さぐりで裸電球のスイッチをさぐりあて、それをつけた。眩しかった。ぼくはそのままるでみえない手にあやつられてでもいるように押し入れをあけ、私鉄の駅のそばにあるスーパーマーケットで買ってきておいてあったドローランのケースの入った紙袋をとりだした。寒い。ランニングシャツからはみだした二本の腕と太腿のあたりに鳥肌が立っている。紙袋に六つのケースがあった。ぼくは紙袋の中に五つ残し、一ケースだけ外に出して、それをあけた。白い錠剤が十個行儀良く並んでいる。ぼくはその十個を手につかみ、洗面所に歩いて丸い硝子のコップに水道の蛇口をひねって水をくんだ。つめたい、とぼくはまだ水を口にいれないのにまるでそれを口にいれてふくんでいるように感覚し、身ぶるいした。口の中に錠剤をほうりこみ、それを奥歯で二、三回噛みしめ、そして顔を上にあげて口をあけ、コップの水をそそぎこみ、一気にのみくだす。長くのびて乱れた頭髪が額と眼におおいかぶさる。ぼくは不意にぼくの背後に誰かが立っているような気がして、あわててふりかえった。誰もいない。歯はまだ痛んでいた。ぼくは鎮痛剤が効いてきて眠りにおちいるまでの時間をつぶすために、押し入れのダンボール箱の中から古い少年サンデーと予備校のテキストをとりだし、そしてふとんの中に入った。口をあけて指をつっこみ、親不知をゆすってみて、いっそのことぼくを苦しめるこの歯を抜いてしまおうと思った。アイルランドの人、と何のつもりか国語のテキストにボールペンで書いている。てふてふが一匹ダッタン海峡をわたっていった。親指と人差指でゆすった。かゆいような痛みがおこった。テキストが唾液でぬらぬらした。くたびれて宿かるころやふちのはな（はせを）ふちのはなとはいったいどんな花なのだろうか？　ぼくはすぐテキストを放り出し、ずい分前の、世界の不思議な祭りのカラーグラビアがのっている少年サンデーに移った。ピグミー族の狩の踊り、日本の裸祭り、そしてぼくがみいったのは体に十字架をせおってひざまずいている男がうつったスペインの写真だった。こんなことをして楽しいのだろうか？　歯から血が流れだしてきた。あとしばらくゆすっていると根っこから確実に抜けおちる。親指と人差指に赤い血がこびりついてきたので、ぼくは部屋のすみにほったらかしにしている鏡を手をのばしてとり、あおむけに寝ころんで口の中の様子をみた。口の中は血だらけだった。まるでドラキュラのようだった。まだドローランは効いてはいなかった。鏡の中のぼくの顔がわらいをつくった。山田明、十九歳、ウジムシ。頬だけがしびれてきた。そしてこのままぼくの体は一ケース八十円のドローランでしびれて狂ってしまい、また、朝になると宿酔の眩暈を感じながら起きあがる、と思った。健康な一日のはじまり。力をこめて起きあがり、洗面所にいってふらふらした体を倒れていかないように壁に手をついてささえたまま、水道の蛇口をひねり強い勢いで流れだしてきた水を口にうけた。うがいをした。吐き気が不意に喉の奥から眼球の方向にむけて一直線につきあげてきた。血のまじった水と胃袋の中から押上げられ喉をとおってでてきた乳色の液体を、いちどに洗面所に吐いた。いったいぼくはなにをやっているのか。せっかく薬が乳色にとけてこれから本格的に効きはじめるというのに、外に吐きだしてしまう。ぼくはもういちど蛇口に唇をくっつけて水をふくみ、それでうがいした。それから棚の上に置いてあったグラスを水ですすぎ水をくんだ。こぼれないようにふとんの枕元にまで運びそれを置き、残りの五ケースの封を切り、中の錠剤をとりだした。五錠は母のため、後の五錠は兄のため、姉のためにも三錠、アイスピックで刺された男にも三錠、森とロビンとトコと仁のためにも一錠ずつ、合計二十錠。それは新記録だった。それを一度にのみこんだ。それらが胃袋と喉につまってしまい苦く吐き気がした。ふたたび立ちあがりグラスに新鮮な水をくみ、二杯ほど、食道も胃袋も水びたしになる感じに襲われながらそれをたてつづけにのみ、駅前で出あったあの眼鏡のたすきの少女と、それにRのためと、マイルス・デビスのために一錠ずつ計三錠追加しようと思った。

Ⅲ　破壊せよ、とアイラーは言った

吹雪のハドソン川
――アルバート・アイラー「ゴースト」

ロスアンゼルスからニューヨークのケネディ空港に降り立って驚いたのは、その寒さだった。初めてのアメリカ旅行で最初に行き着いたロスアンゼルスが日本と比較にならないくらい温かかったから、季節が真冬だったことを忘れてしまっていた。ロスで仕入れた皮のコートを着ていなかったら、寒さにやられて風邪をひき、寝つくところだと思ってひとりほくそ笑む。入国手続を終え荷物を持ってタクシー乗場に行こうとすると、タクシードライバーを想わせる運ちゃんが、降りしきる雪に身をすくめながら、「マンハッタン、マンハッタン」と、鼻に抜ける声で呼んだ。そのタクシーに乗り込んだのだった。マンハッタンに向う道すがら、運ちゃんが、「さっきから降りはじめたばかりなのに、もうこんなに積っている」と独り言をつぶやくように話しかけた。初めて見るニューヨークのマンハッタンも、ハドソン川も、吹雪に見舞われていたのだった。ハドソン川。夜眼に黒々とあるのがそれだ。吹雪の川は胸苦しい。

その吹雪のハドソン川を見て私はアルバート・アイラーを思い出したのだった。アイラーの吹く「ゴースト」。

川をのぞき込む私の眼の内側、耳の内側でそれが鳴る。私はその特徴的なサックスを今でもスキャットできる。アイラーが自殺か、それとも他殺でか、ピストルで頭を射ち抜いて浮いたのがその川だった。雪のマンハッタンをセントラルパークそばに予約したホテルに向いながら、実際、自分がそのアイラーの死を、死後何年も経って現場確認に来たと思ったのだった。

というのも、アイラーが好きだった。

その頃、来る日も来る日も通った新宿のモダンジャズ喫茶店「ジャズ・ビレッジ」の連中でもアイラーの好きな者は限られていた。連中の大多数はコルトレーンならまだしも、アイラーとなると聴けないと言った。連中、批評家としても一端の口をきく。当時、アイラーは今のように評価が定まっていなかったから、聴けない、という全否定が出たが、その度に、アイラーを弁護した。

アイラーをニューヨークに着いた途端に思い出したその一カ月ほどのニューヨーク滞在は、ジャズと共にあった自分の青春の総括のような気がする。というのも、コルトレーンが死に、アイラーが死んだ今、私にはジャズがあの死んだものばかりを陳列してあたかもそれがまだ生きているように錯覚させる博物館の陳列物のようなものだという思いがある。ニューヨーク滞在中にたとえばマッコイ・タイナーを、ビレッジ・ゲイトで聴いてもみた。そのマッコイ・タイナーは新鮮であり、ピアノをまるで樽ころがすように弾いて出す音はパワフルであったが、コルトレーンと組んだ頃を知っている者には今ひとつ燃えない。その時ビレッジ・ゲイトで吹いていたサックスが誰か名を失したが、町のアンチャンが笛を吹いて廻るような健康さがあったが、かつて、マッコイの弾いたピアノが吸い込まれてしまいそうな宗教性を持ったコルトレーンの音の強さとは比較にならない。つまり、ジャズは死んでいるのだった。何を聴いても、コルトレーンやアイラーのあの時代のコピーにすぎないと思える。

ニューヨークで、私は三十二歳だった。そのアイラーを耳にしたのは幾つだったか？十八歳から二十三歳の、まだなにもかも新鮮で、面白くてたまらないと見える青春のとば口だった。

アイラーの曲を聴いていると、自分のそのかけがえのない五年間を思い出す。アイラーがかけがえのない時間の総和のように思え、感傷でもなんでもなく息が詰る。吹いているのがハドソン川に死体となって浮んだ人間である。この曲と共にあった自分が、死体になって川に浮いた人間そのもので、今、こう振り返って文字を書いている私は、その年若い者の頭に銃口をつきつけたか銃口をつきつける手助けをした人間だった気がするのだ。つまり私が殺した。

アイラーにそれを言おう。

というのも、ジャズを聴き、遊び歩く生活から足を洗い、とりあえず日野自動車羽村工場へ臨時工に行ったのが昭和四十五年（一九七〇年）五月。今の女房と結婚したのが七月。羽田へ肉体労働者として働きに行ったのが八月。上の娘は、翌年の一月に生れている。

三島由紀夫が市ケ谷の自衛隊本部に楯の会の烈士らと乱入し、自衛隊員に武装決起を促し、割腹自殺をしたのがその年、昭和四十五年十一月二十五日である。三島由紀夫の自決は、羽田で働いている最中に、全日空の乗客が持っていた号外で知った。

アルバート・アイラーは丁度その日、ハドソン川に死体となって浮いたのである。アイラーの死を、長い間、私は知らなかった。芥川賞をもらってすぐの昭和五十一年、ラジオ局の誘いでジャズを肴にディスクジョッキーをやる番組に出たが、横文字のタイトルやアーチストもうろおぼえになっていて局の人間に救《たす》けられたが、鮮明に覚えていたこのアイラーの「ゴースト」はかけた。その時も、そのアイラーが、自分の苦くもあり切なくもあり馬鹿げてもいる五年間のジャズと共にした生活から足を洗ったその時、死んだ、とは知らなかった。

私はこう思い込んでいた。そのうち、コルトレーンを凌駕し、コルトレーンの破産を乗り超えるだろうと。私のような狂信的な者が狂信した新進の、天才を感じさせる、何者もその前ではまがいものに変じる眼力を持ったアイラーが、一歩一歩、ジャズそのものによって世界を組み変える仕事をしているはずだ。名を耳にしないのは日本という甘ったるい風土に育った批評家やファンやレコード会社が、かつてアイラーをジャズ・ビレッジの連中がそうけなしていたように認めない、わからないとして世に喧伝しないせいだろうし、また、私自身がジャズを聴かない生活に長く居てレコード店に立ち寄らないしモダンジャズ喫茶店にも行かないせいだ。

私が足を洗ったその時、死んでいた、とは、その事実を知った時も、今も、衝撃である。どうやって悔めばよいか分からない。たとえば、ジョン・コルトレーンに関して言えば、その死は、そうだろう、人は充実の絶頂で破産し突然死ぬ、と納得も出来るし涙を流すことも出来た。涙は甘美だった。だがこのアイラーにはそれも適わない。こんな死を死んだ人間は世界に例を見ない。水死体となって発見されたアイラーはアルバート・アイラーと確認されないままニューヨークの死体置場に一週間以上置かれていたという。私が、その死をニューヨークにまで来て確認したのは、それからさらに八年ほど経っての事にもなる。

アイラーは、今、耳にすると、暗い。ただ、本当の事を、ジャズで吹いている。

昔モダンジャズ喫茶店でそのアイラーをよくリクエストしたのは、アイラーのジャズが持っているその暗い力が、その時の私の気持ちに一番似通っていたせいだったと思う。アイラーを一等よく耳にしたのは、文子という私より一つ年下の女の子と何をするにも一緒だった頃だった。

丁度その頃、代々木にアパートを借りていたので、新宿の歌舞伎町にあったジャズ・ビレッジへは電車をつかわずに歩いて行くのが日課だった。まず代々木駅に出て、それから小田急線の踏切りを越えて南口に歩き、南口から橋を渡り紀伊國屋の横を抜けて歌舞伎町に入る道筋だった。日が眩しく当る度に厭な光だと思った。歩いていると物を考える。何を考えていたのか分からないが、文子は不機嫌な顔で歩いている私に何を考えているのか訊ねた。

ラーメン屋に入って一緒にクスリを呑んだのは、この文子だった。化粧を塗りたくった文子はどこで手に入れるのかいつもハンドバッグの中に安物のクスリを持っていて、ラーメン屋に入る度に、素早く錠剤を幾つか手に受けて呑み込み、それからラーメンを食う。メンの少ない汁を多くしたラーメンを頼み、その上にクスリを浮かせて一気にそれを呑む方法を考えたのは、私だった。クスリは、その店で煙草を吸う時間で胃の中で溶けて体に沁み込み、文子が眼にかぶさってくる髪をかきあげながら話すテレビの話を聞いている頃には効いていた。

「TBSのテレビに出たのよ。プロデューサーが、テレビに出て俳優やるつもりだったら、いつでも電話掛けていいって言うけど、めんどうくさいじゃない」

うなずくと、文子はハンドバッグの中から手垢で黒ずんだよれよれの名刺を見せた。文子が嘘をついているのは一目瞭然だった。今から思えば、テレビに出たのは非行少女の実態とでもいうドキュメンタリー番組だろうが、その時は、テレビの被写体として画面に登場した事そのものも、文子の嘘だと思ったが、うんうんとうなずいて聞き流した。

そのうち、クスリが効き、物を言うのもおっくうになった。ただ、思いついてたわいもない嘘を言い続ける文子ではなく、文子と私の周りにあるテーブルと椅子、文子の向うにあるラーメン屋の硝子ドア、日の当った外が、不快だった。

中途半端にクスリに酔うから不快になるのだと、さらにクスリを呑みつぐと、不快は倍増した。理由が分からなかった。その頃はすでに詩を書き、小説まがいのものを書いていたが、思い出してみれば年若い私が一等嫌いだったのは青春、青春の謳歌というもので、言ってみればそれは否応なしに青春のとば口に立ってしまった者のねじくれたそして実にまっとうな反応である。ねじくれたまっとうな反応、それを、年若い者が書くこの国の小説や詩でお目にかかった事がない。爽やかな青春、大多数の大人がそう思い、青春のただ中にいる者もそう思い信じ込み演技するが、昔も今も、そのテのたぐいには虫酸が走る。

アルバート・アイラーの「ゴースト」や「スピリチュアル・ユニティー」は、その私の感性が選び出した一曲である。

新鮮な抒情
――テルオ・ナカムラ「マンハッタン・スペシャル」

アルバート・アイラーを今、年若い者の誰が聴くだろうか。アイラーを聴く条件のほとんどを今はそなえていない。アイラーのフリージャズは、新左翼が登場し、ヌーヴェルヴァーグが日本に現われ、反新劇にもあきたらない者が小劇場をつぎつぎ起した丁度その時代と軌跡を同じゅうしている。

テルオ・ナカムラに会ったのは、ニューヨークでだった。「週刊プレイボーイ」RUSHにそのテルオとの件りは書いたが（「ジャズが聞えてくる」）、東京に戻って来てテルオ・ナカムラとライジングサンの「マンハッタン・スペシャル」（日本ではソング・オブ・バーズ、鳥の声とタイトルされているらしい）を耳にして思うのは、柔らかい感性としてのジャズである。

さながら現場確認のようにニューヨークにいた私に、テルオは、なによりもマンハッタンというところを柔らかい感性で描いてみせてくれた。アイラーの死体が浮いたハドソン川のマンハッタンではなく、これは、何もかも新鮮で楽しく、抒情的でもあるマンハッタンだ。つまりそうやってしか、人は、死者の後を生き続けてはいけないのである。このレコードを耳にしたのが、ニューヨークのマンハッタンの、国連本部そばにある建物の塚本の事務所だったので一層、明るさが嬉しく響いたのかもしれない。アイラーのフリージャズを耳にしていた時から十幾年、時は流れている。この曲の中にある明るさや陽気さは、たとえば同じ日本人のジャズ奏者である渡辺貞夫のものとは違う。渡辺貞夫の「カリフォルニア・シャワー」の音は、リズムや曲調とは異り、腹に一物持ったまま陽気に愉快になろうとしているところがある。つまりニセ日本人のジャズだ。いやクロスオーバーだ。ジャズを耳にして来た者には、腹に一物あるそれを日の下にさらけ出すように吹いてもらわねば、立つ瀬がない。つまり、ハトヤでも船橋ヘルスセンターでもシャワーをあびて身をさっぱりしてもらい、そこで吹いてもらわなくてはうっとうしい。

テルオ・ナカムラに感じるのは、その「船橋ヘルスセンター・シャワー」である。テルオらは驚くほど日本人でありすぎるが、それをかくしもしないし、ハンディーだともとりはしない。ニューヨークで、しかも黒人の生んだ音楽を日本人が黒人のふりをして奏しているのではなく、その音楽を、実に素直に日本人として吹いている。「マンハッタン・スペシャル」一曲を耳にして思うのは、ジャズがまた、マイノリティの表現手段として最良の音楽だという事に尽きる。

「マンハッタン・スペシャル」を聴いてもらえば分かるが、この曲が日本人の手によって作曲され、演奏されているとは思い難い。シンセサイザーを使うその手つきも、まるで違うのである。

そのテルオのロフトで、丁度日本から来ていた山本剛らに会い、彼らがリハーサルを繰り返し、レコーディングするのを傍で見ていたが、そこでも思い出したのは、ジャズばかり聴いていた毎日の事だった。

今、小説家である者が、小説そっちのけでジャズを聴いているのである。これは当然だが小説を読んだり書いたりするよりも、ジャズを聴き、そのモダンジャズ喫茶店にたむろする連中と麻雀をやりオイチョカブをやり、ビリヤードをやる時間の方が圧倒的に多い。

その頃、思い出すのは、すべて否定の精神を貫徹したものが好きだった事である。読む本もそうだった。セリーヌ。サド。コルトレーンではないが、マイ・フェイバリット・シングスの中には、何軒も古本屋を廻ってさがしてみつけたケラワックの「路上」や、ジュネの小説、「泥棒日記」や「花のノートルダム」も入っていた。「路上」はジャズ・ビレッジの連中の中で一番の連《つれ》だったヤスと、コクトーの「阿片」と交換した記憶がある。だが、それらの本よりも、今になって振り返ってみるならば、耳にしたジャズの方がはるかに小説に影響を受けている。

　これは慎重に言わねばならぬことだが、私の初期の長い文章や、メタファの多用、「岬」の頃の短い文章、読点の位置、それに、「枯木灘」のフレーズの反復は、ジャズならごく自然のことなのである。今、現在、私が言っている敵としての物語、物語の定型の破壊も、これがジャズの上でならジョン・コルトレーンやアルバート・アイラーのやったフリージャズの運動の延長上として、人は実に素直に理解できると思うのである。ジャズは私の小説や文学論の解析の大きな鍵だ。

　コード進行の無視、コードの組み変えを、小説に置き代えるという発想を知っているならコルターサルの「石蹴り遊び」の指示標識も、さしてめんどうくさい前衛文学とは見えなくなるはずである。もっとも、ジャズを聴いて遊んでいる頃は、そのジャズから影響を受けるとも、二十世紀文学の前衛はジャズの受け入れ方に鍵があるとも考えず、そのクスリを浮べた汁だけのようなラーメンを食べ、クスリにやられてただ納得したいだけの為に耳にするのである。

　なにしろ、ジャズの鳴っている場所に行けば何かがある。朝、一人で目覚めた時も、女の子と一緒の時も、顔を洗って外に出てとりあえず音の方へ、ジャズの方へ歩いたのだった。

店のドアを開けると、ジャズがいきなり突風のように体をのみ込む。その瞬間の楽しさはそのモダンジャズ喫茶店がなくなって連中がばらばらになった十幾年後の今も、記憶にある。

ところで、思いついた。

この連載エッセイでは、新宿歌舞伎町にあったモダンジャズ喫茶店ジャズ・ビレッジで過した日々を、レコードを聴きながら、言わば誌上で行うディスクジョッキーみたいに書こうと思うのだが、いつか、このジャズ・ビレッジの同窓会をやろうと思っている。ジャズ・ビレッジ大学と言い直そうか。この文章を昔、ジャズ・ビレに顔を出した事のある人間が読んだとしたら、この「青春と読書」あてか、それとも六本木の「ライムライト」あてに、葉書か電話をもらえないだろうか。

ジャズ・ビレから足を洗ってこの方、顔をあわしたのは意外に多い。まず、芥川賞もらったすぐくらいに、「週刊プレイボーイ」で三上寛と対談する渋谷へ行く為、井の頭線に乗っていると、ヒコとカオルに出喰わした。ヒコは顔にバンソウコウ貼っていたが相変らず流行のトラボルタ風の色男で、カオルは頭くしゃくしゃ。連中、仕事帰りらしく並んで腰かけ、私が、あれって顔でみていると、向うも気づき、ケンジじゃないか、と立ちあがって大声をたてる。何やっているんだ？　と訊くから、私、戦後生れ初の芥川賞作家とか、土方作家とかハナバナシくなったばかりだから連中も知っていると思って芥川賞もらったんだ、と言うと、キョトンとしている。小説の賞だよ、とつけ加えると、カオルが、ああ、お前、詩みたいなもの書いてたな、と言う。

そのカオルに、またテツと一緒にいた時に出喰わした。テツは相変らず女で食っていると言い、私が、女のヒモで十年食いつづけるとはたいしたものだとからかうと、ムッとしている。

ケンとは電話連絡がつくし、ヒデボウはこの前ゴールデン街でバッタリ会った。まだ新聞社の発送部に勤め、女房になったマリコとの間に子供が三人いるとの事。トコとも会ったし、「ジャズ・ビレ」でチーフをやっていたヒゲのチーフは「ライムライト」を六本木で経営している。ソメヤは死んだ。二度目にテツと一緒に会った時にバンの働いているスナックに飲みに行って、カオルがその話を詳しくしてくれた。

ヒッチハイクに仲間と一緒に出て、とある街道で、仲間がヒッチをしようとしたが、うまく出来なかった。それで業をにやしたソメヤが、「ヒッチとはこうするんだよ」と、道路の真中に身を乗り出して手を挙げ指をたて、トラックにはねとばされた。その時、かすり傷ひとつ負わなかったが、一カ月程経って、腸捻転で死んだ。

「腸捻転」思わず言った。そのモダンジャズ喫茶店ジャズ・ビレッジに集まった者らにふさわしい死に方さ、と自嘲したくもなる。リキは唐津でひき語りをやっているらしいが、ヤスは沖縄へ行った後、杳として分からない。ジャズ・ビレの記憶を、ここで書くのだが、今一度記すが、同窓会したいので、連絡とって欲しい。トコとは早朝、飲みつかれて昔のジャズ・ビレあたりをぶらぶら散歩していて新宿で会ったが、連中の内から一人抜け二人抜けしはじめた七〇年頃、つまりアイラーが死に、三島由紀夫の死んだ頃、連中の内の何人も自殺したり殺されたりしたと言った。

アイラーは確かにそのジャズで、否定せよ、破壊せよ、と言った。いや、それは単にアイラーだけではなかった。全てがそう言い、そう唱和した。その声を耳にし、口にした者が無傷なまま、このように社会が平穏になり、資本がらん熟し、若向文化が牙を抜かれたサブカルチャーとゆ着した今を生きられるはずがない。この社会や文化、状況、を否定するのなら、ファシストにも、テロリストにもなろう。そう喉元にわきあがってくる怒りをなだめるように、ニューヨークに移り住んだ日本人であるテルオ・ナカムラとライジングサンの「マンハッタン・スペシャル」が、柔らかい感性のマンハッタンを描き出す。

ニューヨークはかつて遠い異国だった。

日の光と排気ガス
——マイルス・デビス「リラクシン」

異国のニューヨークで、一人で街をうろつき廻っていると、急に昔の自分に戻ったような気になる。ニューヨーク。遠い異国。その頃、遊び歩いている連中の御多分にもれず、このニューヨークを舞台にした映画も観たし、幾つも小説を読んだのだった。

そのニューヨークに何をしに来たのでもなかった。二十九歳で芥川賞を受賞して以来、あまりに原稿書きの生活が続くのにウンザリしてしばらく一人で何もせずに過して来ようと、締切りをすべてスッポかして、飛行機に乗り、まずロスアンゼルスに着き、ニューヨークに来た。体の芯まで冷えきってしまう厳寒のここは、確かに、アイラーの死を確認に来たと思い込み始めた私にふさわしい。

アイラーの死を単なるアーチストの死とは取らない。フリージャズの若いリーダーはあの時のすべての熱狂の旗手である。その旗手の死とは、旗手と共に時代を送った者の死の事である。つまりこの私は、死んでいたのだ。

さらに言うなら、熱狂とは単に映画や演劇やジャズだけではなく、何よりもまして革命運動としてあったのである。この革命運動に、今、私が言う事は何もない。というのは、昔も今も、政治的な文学、文学的な政治は見聞きするだけで虫酸が走るからである。先頃、この国の若手作家には妙な具合に文学的な政治や政治的な文学が流行しているが、例えば、〝全共闘〟小説を書く三田誠広や高城修三、立松和平に、〝全共闘〟なる坊ちゃん嬢ちゃん風の〝政治〟運動にどれくらい自覚があるか疑わしいのである。昔も今も〝全共闘〟は好きでない。〝全共闘〟が大衆たる学生らによって作られていた無党派という事があるのだろうが、こともあろうにそれを素材に〝全共闘〟小説を書く三田誠広、高城修三、立松和平には、何か不潔なものを感じる。その時に敗れた者、その時に死んだ者の死体を食っている気味がみえるのである。ゾンビー趣味がある。死んだ者を死なせてやらないで、死んだ者や敗れた者が口をきかぬ事に乗じて自分の身を証そうとしている。自己の通った青春を説明しなおしている。それが不愉快だ。アイラーは死んだ。いや、たとえば連合赤軍の森恒夫は死んだ。ただ黙って、声を呑むだけでよい。何も言いたくないし、ましてや政治によって自己の青春を説明すべきではない。

ハーレムの入口に部屋を借りたので、一人の私は、地下鉄に乗ってよくハーレムまで昼飯を食いに行った。冬のハーレムは人気《ひとけ》があまりなく、物騒でも危険でもない。そのソウル・フードを食わせる店は、一度ハーレムに住む黒人の女流画家と一緒に行ったところだった。

ハーレムの汚さは、日本のスラムの汚さとは違って、ガランとしてあっけなくさえ感じる。このハーレムになら、どんなモダンジャズでも似合う。

破れたビル、そのビルとビルの間の細い隙間。黒人のアンチャンらが、ビルの入口の階段付近で立ち話していた。そのうちの一人が、訛の強い英語で早口で話しかけてきて、私がそれを聴きとる事が出来ずに、そこのソウル・フードの店に飯を食いに行くのだと勝手に返すと、カラテ？　と訊ねた。苦笑して、相撲だ、と言うと、呆れたというように両手をあげ首をすくめた。独りで苦笑しながらスーパーマーケットの角をまがり、ふと、「ルーファス」と独り言を言った。「ルーファス、ルーファス」アイダのそう言う声が耳についた。

ハーレムはあらゆる意味で静かだった。

ブラック・パンサーは四分五裂になっているし、「ブルースの魂」を書いたリロイ・ジョーンズもここにはいない。

ルーファス。私は歩き廻った。どこの土地へ行ってもそうだが、人は私をそこの土着の人間だと見紛う。香港でも、マカオでも、このニューヨークでもそうだった。アメリカのお上りさんと覚しき年寄りが、ブロードウェイで、こともあろうにこの私に道を訊いた。年寄りがチンプンカンプンの道案内にキョトンとしているのを見て、しばらく独りで笑ったが、今ハーレムでは、それが妙に悲しい。あまり人見知りしない私の習性が、ルーファスがいないこのハーレムでは、へんなバツの悪さに変る。ルーファスだけではない、コルトレーンが死に、そしてあのアイラーが死んだ。誰もいないのである。

ルーファス。

そう呼びかけたくなった。

今から思えばハーレムをうろついた自分が、今一つ別に書かれたジェイムズ・ボールドウィンの『もう一つの国』の登場人物でもある気がする。こんな風な彷徨は、あの時の新宿でも、よくあったのだった。意味もなく、ただ人混みの中をうろつき廻った。モダンジャズ喫茶店を腹が減ったという理由で出て、それっきり食堂へも入らず、えんえんと歩く。歩いていて、何度、電信柱や看板に頭をぶつけたかわからない。ソウル・フードはもう食いたくない。ただ歩いてみたかった。ルーファス。ルーファス。現実にアイダの声が聞えるように歩くたびに耳につき、自分がルーファスと重なってしまう錯覚が起る。私は一瞬、遠い国から革命の密使としてやって来て、状況の変化に行き暮れている登場人物だった気がする。もちろん、そんな件りは『もう一つの国』にはない。

ソウダッタ。私は思った。

アイツトダッタラ今、三十ヲ越シタ年デ、一緒ニ銃器ヲ持ッテ、抑圧サレタ者、差別サレタ者、疎外サレタ者ヲ解放スル為ニ、武装シテ闘ウコトガ出来ルト思ッテイタノニ、アイツハスデニ死ンデイタノダッタ。

ルーファス。マイルス・デビスノ写真ヲ見ルタビニ、オマエトヨク似テイルト思ウ。デビスノミュートヲカケタトランペットヲ耳ニスルタビニ、オマエノコトヲ思ウ。

オマエハスデニ死ンデイタノダッタ。

ルーファス、オレハ知ッテイル。オマエハ優シスギタ。優シイトイウ事ガドンナニ人ヲ苦シメルカ。オマエガ死ンデカラ、オレハ何度モ何度モオマエヲ救ケヨウトシテ、オレノ手ヲ離シテ、オマエガビルノ屋上カラ落チテユク夢ヲミタ。ルーファス、トオレハサケンデイル。サケビ声ニメザメテ、俺ハボウゼントシテイル。オマエハ死ンダ。ココニハナニモナイ。

俺ハオマエト実ノトコロ兄弟ダッタ気ガスル。肌ノ黒イオマエト黄色イ俺ガ兄弟ダトハオカシイガ、俺ガ子供ノ頃、経験シタ事、スベテオマエモ経験シテイル気ガスル。イツカ俺ガ言ッタ事ダロウカ、ソレトモオマエダッタカ。家ノ前ニ一軒、裕福ナ家ガアリ庭ニ固イ蕾ヲ持ツ木ノヨウニ茂ッタ薔薇ガ植ワッテイタ。花ナドコトサラ趣味ヲ持チアワセハシナカッタガ、イツモソノ薔薇ガ妙ニ気ニカカッタ。アル時、固イ蕾ガ開イテイル。ソレハ事件ダッタ。単ニ蕾ガ開イタダケナノニ、ソンナ事タイシタ事デハナイトワカッテイルノニ、日ノ光ヲ受ケタソノ花ヲ見テ、世界中ガ組ミ変エラレタ気ガシタ。

ルーファス。


私はそう呼びかけている。

ジャズは、人を魂という病気に陥す力を持っている。

冬のハーレムはデビスのブルースが似合う。デビスのワンテイクの「リラクシン」もハーレムに似合う。これを聴いたのは、まだ二十になっていなかった頃だ。

ミュートをつけたトランペットがマイルス・デビス。テナーサックスが若いジョン・コルトレーン。ピアノがレッド・ガーランド。ベースがポール・チェンバース、ドラムスがフィリー・ジョー・ジョーンズ。マイルス・デビス・クインテットなるこの五人、後から考えればびっくりする豪華メンバーである。マイルスの声が入ったり、レッド・ガーランドがイントロをピアノで弾くと、デビスが口笛を吹き、「ブロック・コードをくれ」と言い、また新たにレッド・ガーランドが、両手で鍵盤を押えつけるようにブロックを弾き出すという楽しい仲間同志の演奏が、聴く者を魅きつける。

まことにリラクシンである。

その頃、演奏されたフレーズだけでなく、マイルスの口笛、言葉まで覚えていた。マイルスのミュートのついたトランペットの甘さは、いまから考えると青春の甘さ、初々しさに思えるから不思議だ。マイルスがいてコルトレーンがここにいる。後になって二人のたどるジャズの道程が分かるから、余計に、青春というもの、青春が仕組んだ出会いというものの不思議さに眼をみはる。

と言うのは、これはデビスを聴き、デビスがこのメンバーで作ったワンテイクのレコードの連作を追って見る者には、この「リラクシン」は出来としてはさして上々のものではないことが分かるのである。ただ、仲間同志の楽しさ、青春が仕組んだ出会いの不思議さにより、トランペットもピアノも抜群の喚起力を持っている。この曲を耳にするたびに春先から真夏のあの都会地特有の排気ガスの臭い、日の光を、思い出す。いや、ハーレムのみならず、東京でも真冬の雪の日にも似合いだ。

マイルス・デビスには幾つも是非一度は耳にしなければならないという佳品が多い。たとえば、これと同時期の「ラウンド・アバウト・ミッドナイト」や「スケッチ・オブ・スペイン」などがそれであるが、私が偏愛するのは理由あって、この一枚である。サックスを吹いているコルトレーンも妙に初々しい。

今でも鮮明に覚えているのは、東京で雪の降った次の日だった。故郷から電報が来て、それで電話した。姉が発作を起した、命に別状ないと知らされた。受話器を置き雪の白さにひかれ、素足になり、たちまち凍えて痛くなる足のまま歩き廻ったのだった。部屋に戻ると、女の子はいた。二人で透明なグラスに雪を入れてウィスキーを注いで、それからまたクスリの錠剤を嚙む。

この曲を聴くたびにその時の事を思い出す。その時、自殺を図ったという姉に済まないとは思わなかった。姉のその衝動を、なにからなにまで分かっていたのだった。

性や暴力の根
――アーチー・シェップ「ブラック・ジプシー」

その私の一枚のレコードに関する偏愛の仕方を見ると、ジャズとは単なる音楽の一ジャンルではなく、同時に文学というものや宗教、さらに言えば性や暴力や政治の根ともつながってくるのが見えてくる。レコードを耳にしながら原稿を書いている今、ニューヨークでアルバート・アイラーからはじまった一ヵ月が、年若い頃、新宿で過した五年間と重なり、ニューヨークでの一ヵ月を書く事はすなわち、あれもやりこれもやり整序だって語るにはあと十年、二十年の歳月のわく組を必要とすると覚悟している青春前期を今、強引に語る事になるという自覚がある。

確か、ランボーの詩句に、架空のオペラという言葉があった。その五年間もニューヨークでの一ヵ月も、空に宙吊りにされた架空のオペラのようなものである。

私の住んだアパートはひょんなことで知り合った台湾独立運動のリーダーに紹介されたものだが、ハーレム入口にあるせいか、住人はことごとくマイノリティである。プエルト・リコ人、ギリシャ人。黒人。入口を入ると受付けがあった。ぶあつい透明な防弾硝子の中でギリシャ人の老女が、坐っている。防弾硝子にはプエルト・リコ人の爆弾犯人の指名手配書がはられていた。

十階にある私の部屋のベッドは、頭部の脚が片一方折れて短くなり、黒人のメイドがベッドを作ってくれたとおり寝ると、頭が足よりも低くなって逆立ちをしている具合になる。部屋で昼ごろまで本を読んだり、スーパーマーケットで仕入れてきた材料を使っていいかげんな料理を作って過す。

ローストビーフのかたまりを一本しかない果物ナイフで薄くそぎ、それとアボカドの果肉を一緒にフライパンでいためる。だが油はないので使わない。

三ドルで二枚パックに入っているステーキ肉をニンニクの粉末と塩で下味をつけ、焼く。その肉に、思いついてオレンジ・ジュースをそそぎ、焼いてみた。他人が作ったものなら不味いと言うだろうが、こんな程度だろうと得心して食った。

その台湾独立運動をやるチェン氏とはニュージャージーの彼の自宅で一回、私が招待してレストランで一回、酒を飲んだが、丁度居あわせた彼の仲間が、最初は日本語で、そのうち酔ってくると英語で、台湾という中国と日本とアメリカの三つの思惑がからんだ国に対する思いをしゃべり出した。宙吊りにされた架空のオペラであるニューヨークは、そのような思いを持った人間にふさわしい。独立。彼の仲間は激しすぎて涙さえ流している。アーチー・シェップの「ブラック・ジプシー」はその架空のオペラたるニューヨークから生れ出たジャズだと言うべきである。アーチー・シェップを単に抗議派のジャズとも思わないし、またジャズを政治運動や革命運動の一環として考える事はしないが、この「ブラック・ジプシー」にあるのは、アフロ・アメリカンというしかないシェップの存在である。

そのモダンジャズ喫茶店に集まる連中が、世の中の軌道から外れた者ばかりだったからか、この「ブラック・ジプシー」はよくリクエストされてかかっていた。これもA面よりもB面の方がいいと思う。A面にある迫力はないが、いかにもジャズを耳にしているようで楽しくもある。この曲を聴き、音のズレたようなトランペットを耳にしていると、その店で昼下がり、いつの間にか集まって来た常連でオイチョカブをやり始める光景を思い出す。ジプシーは他の誰でもなく自分なのだった。

店に外から入って来ると、一瞬、人の顔がはっきりと見えなくなる。店の内部を説明すれば、木のドアを開けるとまず通路がある。縦に長い土地に建物を立て、カウンターとレジと、プレイヤーを置いているので、自然に通路が出来てしまった。その通路の先に四人掛けのテーブルを九つほど置いたフロアがある。一等奥にはコの字型のベンチを置きテーブルを二つほど置いている。板をぶっきら棒にうちつけた壁は落書きだらけだった。つまりその板壁は最初はデザイナーのオブジェだったが、そのうち、客がてんでに落書きして奇怪な形に仕上がったものだった。その店は私が遊んでいた五年間の間に何度か店内を改装したが、記憶の中にあるのはそのテーブルの配置だ。

私が最初行った時、リキと文子と順子がいた。十八歳だった私が、文子と順子を両側に坐らせたリキの手招きに応じて座席から立って行くと、「仲間に入れて欲しいのかよ？」といきなり訊ねた。リキはさながらジェイムス・ディーンのように毎日あきあきしたというふうに顔をつくり、背もたれに首筋を当て、股間をつき出すように坐っている。見ず知らずの者に仲間に入りたいのか訊ねる事が面白いし、言ってみれば初対面で喧嘩を売られているようなものである。「仲間に入れてくれよ」と言うと、リキはしばらく見つめ、「よし、合格だ」と言う。「個性がねえ奴、好きじゃねえけど、個性あるぜ」

リキはわざと無頼ぶって「ジャズ・ビレ」言葉で言った。ジャズがめいっぱいのボリュームで鳴り響く。そのリキの女だと思っていた文子が従《つ》いて来て、私の部屋に泊り、何をするにもしばらくは一緒だった。つまりその「ジャズ・ビレ」は単にジャズばかりではなく、私には性の場所である。

一度、帰りたくないという文子を、強引に家まで送っていった事があった。というのは文子の馬鹿さかげんにうんざりしていた。一緒にデパートに行くと、知らない間に万引する。すれ違った女の子が自分に眼《がん》つけたと言い出し、近寄って一言二言物を言い、いきなり手に持っているショルダーバッグで相手を殴りつける。すぐに嘘とバレるのに、またしてもTBSのプロデューサーから俳優になる気ならいつでも来てくれと言われていると言う。その文子にウンザリしていたし、それにその頃、風月堂でウエイトレスをしていた女の子に気が移っていたので、家出して来て部屋にいついている文子を家に送っていったのだった。

その家につき、びっくりした。父親が出て来て強引に上がらされたが、四畳半一間ほどの家に両親、妹二人がいると言う。文子はまた嘘を言っていたのだった。金持ちだし、大学生の兄がいる。私が持っていたランボーの詩集の写真を見て、「美しいのよね」とそのランボーの顔が兄に似ていると言った。

文子は不思議な女の子だった。いや十八歳の私が不思議な人間だったのかもしれない。朝、歩いて新宿にたどりついた二人は「汀」の前を通り、洋菓子屋の二階の喫茶店に入る。ミルクをきまって飲む私にかんしゃくを起したように「ミルクなんてね、人間が飲むもんじゃないんだから」と言い、自分の注文した緑色のソーダ水がどれくらい綺麗かひとくさりしゃべる。その店はいつもひなげしが飾ってあった。ランボーを私同様に好きだったのは、ランボーの顔が気に入っているからであり、その店に入るのは、飾ってあるひなげしが好きだったからだった。下のレジで私が金を払っている間に、文子は陳列ケースの上に積み上げてある洋菓子を一つ、盗む。

今から思えばその頃の仲間、誰彼なしに特徴がある。リキ。テツ。ソメヤ。ケン。ヒコ。カオル。ヒロシ。ストーニーと自分で言い出し、そう呼ばれていたマイルス・デビス好きの者もいた。それに哲学者モリ。絶えず薬を飲み、東京薬科か医科歯科大に行っていただけあって、覚醒剤の化学記号を暗記し、簡単な器材さえあるならすぐ作れると、言っていた。モリと何度、宇宙について、ESPについて議論したか分からない。常連の誰も、二人のわけの分からない議論に耳にタコが出来たと相手にしない。

そこに鳴っていたのが、この「ブラック・ジプシー」である。この曲に限らずどんな前衛も、ブルースも、そのような状態で耳にした。一どきに様々なものが爆発した時代の、今、働く事もせず、そうかと言って学校へも行かず、ぼんやりと背中の後に不安のようなものを感じているだけなのだった。ところが遊び暮しながら、その頃、私は遊んでいるという実感はなかった。歩き廻り、ジャズを聴き、クスリを飲む。ビリヤードも麻雀もスマートボールもその時の私の得意だった事であるが、それは遊びではなく、自分の感性とこの世界との勝負だったと言うほうが正解である。

これは筆一本になってからつきあう方々の編集者に言われる事だが、私は基本的に、楽しく今を過すという遊びが欠けている。気心のしれた人間と麻雀をやって適当に酒を飲んでという事が出来ず、暇つぶすのならぼんやりと海を見ているか、マンボウさながらよこたわっていた方がよいと思っている。これはあの熱狂の時代の影響なのか、それとも持って生れた気質なのか、どちらかなのだろう。

「ぼくは二十歳だった。それが人の一生で一番美しい年齢だなどと、誰にも言わせない」

その頃記憶したポール・ニザン「アデン・アラビア」の冒頭の一節は、今となってみて初めて理解出来る気がするのである。確かに二十歳であった。何もかも輝いているのではなく、事ある毎に、虫酸が走る、反吐が出ると呪詛をまき散らしていた事が、三十を二つ越した今となっては輝きの証しだった気がするのである。遊んでいられなかったのだった。気を弛ませる事がなく、何事にも熱狂し、血道をあげ、ついに破壊するところまで行く。

コードとの闘い
――ジョン・コルトレーン「クル・セ・ママ」

それは気質としか言いようがない。そのような気質を持っている事と遊ぶ気質とが、どちらがいいというものでもない。熱しのめり込む気質が時に硬直におち入る危険があるなら、遊ぶ気質は弛緩しやすい。硬直しない熱狂、弛緩しない遊び、考えてみれば至難の技である。それに二つとも共に他を排除しやすい。たとえばここに、熱狂型の雄たるジョン・コルトレーンを引き入れて考えて見る。ジャズを聴いていた最初から最後までこのコルトレーンの熱狂にのめり込んだ者から言うと、コルトレーンのような熱いフリージャズでなければジャズでない、という排除の思考が起って来るのである。ブルーベックやMJQにも耳を傾けはするが、それがいくらスマートで、女と酒を飲みながら耳にするには都合よくても、妙な軽蔑感が起る。綺麗で、シャレていて、スマートであるかもしれないが、娯楽から一歩踏み出したモダンジャズであるなら、音とは何か、フレーズとは何か問いつめて欲しい、と文句をつける気持ちが動く。それがコルトレーン経験というものである。

コルトレーンはまさにジャズの巨星であり、ジャズというジャンルを飛び越えて聴く者をわしづかみにし、ゆさぶり、破壊する。コルトレーンを耳にしてしまうと、ロックやクロスオーバーなどチョロイ。よく芸能人なる歌手や作曲家が、音楽性云々と言っているのを耳にするたびに、笑いがこみあげる。コルトレーンほどそんな排除の生理を人に植えつける者はいない。

先に選んだ「リラクシン」のマイルス・デビス・クインテットの中にこのコルトレーンが入っている事を理由に、このデビスとコルトレーンをふわけしてみるなら、芸能人と芸術家の違いとなるだろうか。マイルス・デビスをことさら悪く言うつもりはないし、それにデビスは好きだが、考えてみればマイルス・デビスが固執したブルースも、それを演奏する為に使うミュートのついたトランペットも、通俗と言える。もちろん、ブルースの真骨頂は良い意味の通俗というところにある。それにブルースがモダンジャズの発生母胎であるなら、このブルースとは黒人らの持った土のコードとでも言うべきもので、世界の民族が持つ音楽、たとえばフラメンコやファドやタンゴなどと並ぶ。だがいかんせん、ブルースは、フラメンコがそうであるようにその音楽の中に発展や変転の構造を持っていない。ここは別のところでそのうち詳しく論じたいが、ブルースは成立した段階でブルースとして完全になってしまい、ブルースとして発展したり、変転したりする事はない。発展したり変転したものは、つまりモダンジャズである。デビスはそのモダンジャズの中にいて、ブルースを作り、吹く。では、デビスによって、ブルースは新しく作り変えられたのだろうか。否である。ブルースは依然としてブルースのままであり、デビスによって新しいデザインがつけ加えられたにすぎない。これはデビスの誤算である。だがその誤算によって「リラクシン」も「ラウンド・アバウト・ミッドナイト」もあるから、悪いものではない。ブルースを作るのはデビスの遊び気質のせいであり、結局のところ、後にエレクトロニクスを導入してクロスオーバー風を作ってみたとしても、デビスのこの遊びの気質は変っていない。

ではジョン・コルトレーンはどうなのだろう。デビスが芸人、芸能人であるならコルトレーンは、同じ事を二度もやりたくないという芸術家としか言いようのないタイプである。それに初期のコルトレーンを耳にして分かるが、出発当初、さしてうまくない。のびやかさに欠ける。つまりコルトレーンが発明家であるなら、デビスは専門技術者である。

コルトレーンを聴くたびにジェイムズ・ジョイスを思い出していたのだった。アイルランドの人ジェイムズ・ジョイスとアメリカの黒人ジョン・コルトレーンは、よく似ている。たとえばデビスと組んでいた頃がジョイスにおける「ダブリンの人々」、「オレ」の頃は「若き芸術家の肖像」、「クル・セ・ママ」や「至上の愛」が「ユリシーズ」、コルトレーンの死後に発表された「惑星空間」は「フィネガンズ・ウェイク」というところだろうか。コルトレーンについて物を言おうとすると、どうしても理屈っぽくなる。理屈に興味のない方は、どうかこのまま、エルヴィン・ジョーンズ「ヘヴィ・サウンズ」までジャンピングして頂きたい。つまり、ジョン・コルトレーンとは単なるジャズ・アーチストではなく、私には昔も今も文学の問題なのである。文学の事件と言い直した方がよいかもしれぬ。

コルトレーンが幾多の作品で問題にしたのは、つまるところジャズの中にしっかり根を張ったコードに関してである。コルトレーンのジャズは、コードという音楽規制をいかにして無化するかというところで成り立っている。コード、それを説明するには手間がかかるので、ジャズをジャズたらしめる要素とひとまず言う。先ほど引きあいに出したマイルス・デビスを再度引きあいに出せば、ブルースを演奏したデビスには、ジャズが暗黙のうちに孕んでしまう法や制度への苛立ちはなく、むしろ法や制度に身をすり寄せているのである。だがコルトレーンは違う。ジャズが他のジャンルの音楽とは異り、アメリカへ渡ってきた黒人の作り上げた音楽であるのはジャズの抱えた法・制度（コードetc）によるが、その法や制度がまたモダンジャズという自由さのあふれるジャンルの内側にある発展や変転を抑圧する装置ともなっているのに気づき、苛立っている。

コルトレーンは今まさにコードを喰い破り音を破壊しようとしているのである。コルトレーンがこれまでたどってきた軌跡を見れば、彼が単に、手法の為の手法で、コードという法や制度と衝突しているのではない事が分かる。それはしようがない事なのである。私の眼にコルトレーンの作品の軌跡は、ブルースという基本的には動かない土のコードから発生した発展、変成するモダンジャズの軌跡でもある気がする。いや人間の法・制度との闘いである。

コード、あるいは法・制度を〝自然〟と名づけてみれば、ジョン・コルトレーンのコード無化の闘いが理解してもらえるかも分からない。たとえば「メディテイション」、たとえば「惑星空間」。今、戦闘が始まっているのである。絶えず人がこの世に生れてからこの方、一度も侵略する事もましてや触れる事も出来なかった〝自然〟に、コルトレーンはコードを逆さにねじって返すように吹く。

これは針を落すと鳴るレコードに閉じ込められた、さながら〝ジェリコの闘い〟である。幾つも英語を破壊したり新造したりするジェイムズ・ジョイスが悲惨であるように、このコルトレーンも悲惨である。ジャズに内在する唯一神である法・制度にすり寄り跪くなら、あの神の名を呼んだ方がはるかにいい。いや神に会うため、まずはハシゴのようにコードを使い、コードの及ばぬところに足を踏み出そうとしている。そう見える。

三十歳の誕生日を迎えた時だったか。丁度その頃、故あって女房子供に家財道具一切持って家出されていたのを幸いに、毎日外で遊び歩いていたが、たまに家に帰ると家財道具がないのでさみしく、禁を破って初めてステレオを買ってみた。

それで誕生日の記念にとレコード屋に行き、昔、好きだったコルトレーンをさがして、さっそくそのステレオでかけた。「オレ」、家で耳にするそのジャズの音のショボさに私は我が耳を疑った。ジャズはモダンジャズ喫茶店で聴くものである。

「クル・セ・ママ」は、ジュノ・ルイスのヴォーカルが入るせいか、優しさがあるし、それにこの曲以降、そのコルトレーン晩年の〝ジェリコの闘い〟の幕が切って落されたのである。マッコイ・タイナーがピアノを弾き、エルヴィン・ジョーンズがドラムスに加わったコルトレーン四重奏団の演奏である。

一九六七年、彼が死んだ年、私はまだ二十歳だった。その頃、彼のジャズが一体どういう意味を持つのか整序立って考える事が出来なかったが、好きで、泣いた記憶がある。遠い異国で、訃報に驚き肉親を奪われた気になったのは私一人ではなかったはずである。

ニューヨークのアパートの部屋で遅くまでテレビを見過ぎ、眠ろうとして眠れず、それで集英社のニューヨーク支局の塚本氏にもらったジャズクラブの案内を調べ、新聞の映画欄を調べ、それでも眠くならないので起き上がって窓からのぞくと、空が明けかかっている。窓に手をのばして間断なく降りつづく雪を手に取り、下を見るとドーナツ屋がもう開いている。腹が減ってそれで眠れないのだと合点してセーターを着、皮のオーバーを来て、エレヴェーターで下におりる。ギリシャ人の老女がもう出勤して来ていて、ドアを開け、「あのレストランのスパゲティ、おいしかっただろう」と片目をつぶってウインクする。確かに、私もうまいと思った、と味もソッケもない返事をし、一人で笑う。

ブロードウェイ110ウエストサイドの交差点脇にドーナツ屋がある。まず何よりも腹ごしらえする事だと、ドーナツ二個とコーヒーを頼む。頼んでしまってから壁に「ハンバーガー、コーヒーの朝食九十五セント」とあるのを知り、残念な事をした、と独りごちる。インド人らしい店員が「雪が氷って滑るので危い」と言い、私がそこでノートにメモを取っているのを見て、「コロンビア大学の学生か?」と訊ねる。ノーとだけ答えると、急に店員は口をつぐむ。

甘ったるい砂糖のついたドーナツを食べ、コーヒーを飲みながら、私は暇にまかせて、ニューヨークという人種が雑多に入り混った場所を舞台にした小説を考え、メモを取っている。外はまた、雪が降り始めた。

毒のある声が響く
――エルヴィン・ジョーンズ「ヘヴィ・サウンズ」

その小説には何組もの人種が登場する。黒人、プエルト・リコ人、ギリシャ人。行き暮れた人間らがここに肌寄せあいひしめく。その架空の宙吊りのオペラ、「ニューヨーク」とは、私があの頃、毎日毎日顔を出し、遊ぶという意識もなしに日を送っていた「ジャズ・ビレッジ」の意味でもある。ここに書くにもはばかられるように連中のことごとく、非行少年、不良少年、予備校の脱落組が集まっていたし、考えられる限りのマイノリティが集まっていた。ただどのマイノリティに属する人間も、当然の事だが、大手振っていた。自分の手首に煙草の火跡を幾つも作る者はザラだったし、テルは自分の童顔が気に入らないとナイフで左頬に、口腔の中に刃が入り込むほど傷をつけた。馬鹿げた事だから止めろよ、と口で言っても、ナイフをちらつかせているテルを見て、好奇心も手伝い本気になってとめる者はいない。その仲間の見ている前で頬から血を吹き出させ、それを手で押え、左手を大きく振り心配するなと言っているテルを見て、自分の中にもある熱狂に火を点けられたようで落ちついて坐っていられなくなる。

一ヵ月ほど経ってから店にやって来たテルの左頬には、丁度ヤクザ映画の登場人物に眼にするような刀傷がある。十代後半から二十代後半まで、年若い者ばかりで、しかも誰もが自分の事を社会に無用の者と思っているので、絶えず露悪的になる。悪の方にサイを振る。

クスリを飲むのは連中の露悪趣味のせいでもある。ヤクザの組とつながりのあった売人が持ち込んだ覚醒剤は、その露悪趣味によって何人かがすぐ飛びつき、人に見せびらかすように堂々と射ち始めた。ただ常時、売人から買うほどの金はなかった。仲間同志の金の融通の仕合いはしょっちゅうあったが、売人の持ってくる覚醒剤を手に入れる為に使うと分かると誰も金を貸しはしない。

それで覚醒剤の次に流行ったのは、どこの薬局でも仕入れる事が出来るぜん息の注射液だった。けっしてジャンキーになっている訳ではなかったが、なにしろ口に含み、噛みくだき飲み下すクスリよりも、注射針を肌の中に入れ、血管の中に異物を注入することには被虐的な想像がある。

池袋をその日、ヤスと一緒に歩いていたのは、前の晩、東長崎にあるヤスの家に泊り込んだからだった。ヤスとは異様に仲がよかった。ジャズ・ビレで顔を合わすと、ヤスとはきまって一日一緒で、双方つきあっている女をすっぽかしてビリヤードやスマートボールをやりに行ったり、映画を観に行くたびに、女からも仲間からも「あいつら出来てるんじゃないか」と言われた。確かに同性愛的感情はあったのかもしれない。

ヤスが一度、自分が同性愛かもしれないと凝っていると言った事があった。はじめてヤスの部屋に行った時、まだ空に日があったが、「銭湯へ行こうぜ」というヤスに誘われて銭湯へ行った。帰ってヤスはズボンを脱ぎ上衣を脱ぎ、敷いたままの蒲団に入った。ヤスの描いた奇妙なピエロの絵を貼った部屋で、本棚から「麻雀の上達法」という本を抜き出して読んでいると、ヤスが、「腕相撲しないか？」と言う。それで腕相撲を始めたのだった。

仲よすぎる為、二人とも本当に同性愛におちていく事におびえていた事は確かだが、その時、ヤスは腕相撲やろうと持ちかけ、同性愛を「やったっていいよ」と思って誘ったのだと後で言った。「適当に負けてやってるのに、勝ったと喜んで」と苦笑した。

そのヤスの部屋に泊り込み、朝、ヤスがパンツひとつで起き上がり新聞を取りに行き、貧血で後むきに崩れ落ちるように倒れた事があった。あわてて力なくぐにゃぐにゃの体を抱え起すと、急にヤスは正気づき、真顔になって「やめてくれ」と私の腕を払う。突然倒れたから救け起そうとしたのだと憮然として答えると、バツ悪げに、「貧血なんだ」と言い、ひとしきり笑う。私が突然ヤスを、組み伏せ抱いていると錯覚したのだと言った。

そのヤスと池袋まで電車で出て、線路ぞいに新宿まで歩いて出ようと歩き出すと、十字屋と仇名される奴が歩いてくる。その姿が異様だった。空にある日が眩しくてかなわないように首をかくんと折る格好で、ズボンのポケットに両手を入れ、肩をすぼめている。二人が声をかけると、十字屋はのろのろと顔をあげる。地肌が土気色で額に汗を浮べながら、「寒い」と言う。ヤスが見当をつけ、覚醒剤をやっているのかと訊ねると、ぜん息の注射液だと言う。

渋る十字屋をおどして持っているそのぜん息の注射液を二人分取り上げた。それでビルにある池袋の「キス」というモダンジャズ喫茶店に入ったのは、それを射つ為だった。かかっていたのが、このエルヴィン・ジョーンズの「ヘヴィ・サウンズ」である。ヤスが店の人間や客に気づかれないようにまず先に立って便所に行くと、使用中だった。それでしばらく坐って、エルヴィン・ジョーンズを耳にする事にした。モダンジャズにも他ジャンル同様に傑作という言葉が使えるなら、これはそうである。ギリシャ悲劇を思ったのを覚えている。

その時学生ではなかったし、将来も大学になど入らないと覚悟していた私は、自分で本を乱読し、好きなものを丁寧に読み込み、同年代の学生たちの〝知〟のレヴェルに拮抗しなければならないという自覚はあった。それに二十歳前後、誰でもそうだろうが、まもなく自分は死ぬ、というせっぱつまった、時間にせきたてられるような感じがついてまわっている。ラテン語、ギリシャ語に対するこだわりはランボーによるし、翻訳されたギリシャ悲劇を丁寧に読んだのは、やはり唯一の同時代人であり、敵でもあるランボーのせいだった。従ってギリシャ悲劇のようなジャズとは、その当時の私の最高のホメ言葉である。（話はとぶが、二、三年たって日本に、パゾリーニの『アポロンの地獄』が輸入され、公開されたが、ギリシャを模した風景、神託をしゃべる予言者の背にした大木、という以外に見るべきものを欠いた駄作であり、随分腹が立った事がある）

そのエルヴィン・ジョーンズの「ヘヴィ・サウンズ」を聴いた後、ヤスと二人で便所に入り、便器に水を流して針をあらい、交互に射った。今から考えると、それが妙にワイセツな姿に見える。

ヤスとのつきあいは、強引に私の視点から見ればこうなる。東京に出て来てひょんないきさつで、（高校時代に書いていた小説を東京へ出て来てから完成させ、高校の文芸部に送ったが、旧弊な高校で、大人の文芸誌に発表したらどうかと教師の手紙がつけ加えられて返送されて来た。それで、当時十八歳の田舎育ちに新人賞に応募するという思いつきなどなく、本屋で知った同人誌に投稿した）同人誌に籍をおいたが、なにしろ同人や会員ははるか年上である。たまに同じ年頃の者が合評会に顔を出しているが、十八、十九の頃は、一言二言話を交わしただけで、その人間の感度を直感するものである。後できくと、津島佑子さんも同じ頃、合評会に出ていたらしいが、記憶はない。合評会で、ただ全否定し、論陣を張り、青臭い議論は大学の文学部でやれとヤジられ、年上の同人たちにノミやシラミのようにきらわれていた。従って先のモリやこのヤスは、自分でも手に負えないほどただ苛立ち飢えた私の話の聴き役であり、ラリって昏倒して「ジャズ・ビレ」に出入り禁止にされる私の弁解役でもある。カオルが言うには、「ラリってない時は、しちめんどうくさい事言ってるからどうしようもない奴だって思ってたけど、ヤスが、詩の才能あるって買ってたよ」と、ヤスが弁解役だったと言う。このエルヴィン・ジョーンズを聴くたびに、迷惑をかけたヤスを思い出す。それにこの文章もまたぞろあの当時の同性愛的感情を思い出して恋文のようになるが、「ジャズ・ビレ」から私が足を洗って日野自動車羽村工場へ期間工に行っている間に、池袋の拘置所から面会に来てくれと電報が来た。それで夜勤明けの土曜日の朝、そのまま、立川の喫茶店で待っている女をすっぽかして拘置所に直行すると、すでに二日前、出所したと言う。何で拘置されたのかと訊ねると、大麻の不法所持だと言う。それから行方は分からない。後でポツリ、ポツリと会う仲間に訊ねて知り得たのは、しばらく劇団「変身」で役者をしていたが、沖縄に行ったという事だけである。劇団「変身」は当時まだアングラの波が押し寄せる前に集中的にアンチ・テアトルを上演していた劇団で、何度か観に行ったが、その事から考えてこのヤスにも言える事は、あの時、破壊せよ、というアイラーの声が耳に届いていたという事である。破壊せよ、なにもかも、根底から破壊せよ、とアイラーが耳そばでいつも言っていた。

革命や政治の波があの時代をつき動かしていたとは絶対に思わない。ましてや〝全共闘〟という革命運動や政治運動の風化現象、通俗化、大衆化の波によって、あの熱狂が起ったのでは決してない。むしろ、コルトレーンが踏みとどまりながら逆さにひっくり返そうとしたコード、そのコードを敵として全面的に対峙したアイラーの、その声が、引き起したと言った方がよい。

破壊せよ。

状況はますます不利になっている。あれほどあの時、露呈していたコードが、法・制度が今は隠蔽されてしまい、ジャズを聴く者に通俗化、風化を強いる。破壊せよ。何もかもためらう事なく破壊せよ。革命とはコードの破壊、法・制度の破壊の中にしかない。そのアイラーの毒の声は、デビスを聴く私の耳元にあり、エルヴィン・ジョーンズのドラムスの間から耳に届く。

アイラー、冬のニューヨークはおまえの死に似つかわしい。

新世界への入り口

——セロニアス・モンク「サムシング・イン・ブルー」

ニューヨークという宙吊りにされた架空のオペラたる都会をあてどなく彷徨っていると、十八で東京に出て来て以来今までに自分の喪ったものが見えてくる。これも確かランボーの詩句だった。「十八歳、堅気でばかりはいられませぬ」

ランボーは不思議な詩人である。

いちど思いのたけランボーについて論じてみたいが、或る日或る時、ランボーの詩句を思い出す。生きているランボーと現実に年若い頃出会ったように、ああ、ランボーが言っていた事はこの事かと思う。ランボーに関してそんなこだわりがあるのは、その時も今も、突然、理由なくそれまで書いていた作品を焼き捨て筆を折り、姿を消したというエピソードのせいだった。

ランボーを読んだのは高校時代だが、そのころはフランスの田舎から詩をひっさげてスイ星のごとくパリにあらわれた天才少年という事が魅力の核だったが、三十を越えた今、ランボーを見ると、その詩よりも姿の消し方に魅かれる。もちろん、詩は輝いている。ただ私が今読解するのは、ランボーの詩の輝きの成り立ちについてだ。

ランボーの詩の輝き、詩の断念、沈黙を、コルトレーンやアイラーのコードとの闘いと絡める事が出来る。音楽特にジャズにおけるコードを自然とも言いなおせるし、法・制度とも物語とも言い換え得る。

コード＝自然、法・制度＝自然、物語＝自然、ととりあえず言ってみる。

ランボーはアイラーのように破壊した。さらにのしかかってくるコード＝自然を破壊した。そうやっていると突然、コード＝自然が無限に産み出される根幹が視える時がある。それを宗教家なら神が視えたと言うだろう。小説を考えつめ、物語を考えつめていると、突然幻視のように神としか名づけようのないもの、いやそれを神と名づけてしまうとたちまちにしてそのものの統御の中に繰り込まれ、コード＝自然、法・制度＝自然の中に転落してしまう本質として名づけようのない、ありうべからざるものが視える時がある。名づけようのない、ありうべからざるものを視た者をニーチェならツァラトゥストラと呼ぶだろうか。時に、私は深夜、ツァラトゥストラになって、雑然と本を置いた仕事部屋にいる。私は狂っている。人を呪詛するのではなく、私がもう口を閉ざして筆を折るか、死んでしまうしかないと思いはじめる。

神の子イエスとは名づけようのない、ありうべからざるものに愛撫された者の事である。名づけようのない、ありうべからざるものはすべてのものを支配し、すべての敵に勝利し、しかもそれはたった one である。(一個でも一人でも一つでもない、英語の only one という言い方しか出来ない)

ランボーの詩の廃棄は今、その経験と同じ事である気がする。

ランボーはツァラトゥストラと同じであり、同時にランボーでしかなかった。

Je est un autre. 私は他者であるとは、つまり私は言葉である、という事である。

言葉、word 考えつめると絶望するしかない。

他者というものと言葉 word を繋辞(=)で結ぶには無限の長さが繋辞に必要であるが、それが長さというカテゴリーである限り一瞬である。

他者=(無限大であり、無限小である)=言葉。

分かりやすく書けばそうなるが、ツァラトゥストラであるランボーは、そのこの世にありうべからざる繋辞がありありと視え、他の人間ならそのランボーの視力こそまさに詩というだろうものを廃棄したのである。名づけようのない、ありうべからざるものが絶えず絶対に勝利するなら、ランボーの詩の廃棄とは絶対の敗北である。つまり言葉、言語とは、シニフィアンとシニフィエに分割されるというロゴス中心主義の根元的な迷妄ではなく、分割すればさらに熱量を増してしまう言葉とは不可触、不可侵の絶対の勝利者であるが、それにランボーは絶対の敗北を対置したのである。

それがその名づけようのないものへの唯一の対応策であるかどうかわからないが、ランボーの詩の廃棄とは実に魅力がある。その少年が十八歳の時そうであったように、三十二の今となってもすぐそばにいる気がしている。

セロニアス・モンクを聴いて思い出したのは、私のそのランボーの読書体験だった。モンクの演奏がランボーの詩句を思い起させるというのではなく、一等しょっぱなにジャズを耳にしたのがモンク、しょっぱなに詩を読んだのがランボーという符合による。共に私には新世界への入り口だったと言える。

年若い読者がジャズをセロニアス・モンクから、詩をアルチュール・ランボーから聴いたり読んだりするのは勧めたくない。毒がある。眼が腐り、耳がポロリととれる。

モンクの癖のあるピアノ、しかしよく耳をすますと、しゃれてもいるジャズを一等最初に聴き、奇妙な味だが、結構いけるじゃないかと思った少年の末路とは、かくかくかようなものだ、サンプルでございい、と今の私の、酒を飲んでの荒れぶり、素面の時の意気消沈、小説を書くときのナマケぶり、口うるささの四六時をみせてやりたい。

モンクのピアノは演奏するモンクの奇人ぶり、口うるささを想像させる。

架空のオペラ、ニューヨークで雪に出喰わし、その雪が面白くアパートの道を一つ裏に廻り、『ウエストサイド物語』の舞台になったあたりを歩き廻った。降り続けた雪で埃が消え空が透きとおり青く輝いている。

ニューヨークでこんなに青い空を眼にするとは思わなかった。落書きだらけのビルの壁がさながら抽象画のようにみえる空地の隅に立って、皮のコートのポケットに丸めてつっ込んだノートと万年筆を確かめるように触り、自分の眼が単に私一人の眼ではなく、映画のカメラの眼のように変ってしまっているのに気づいている。『ウエストサイド物語』のチンピラたちは、こんな空地にたむろした。いや、こんなところに新宿の連中もいた。その新宿とニューヨークは似ているが、そこからここまでは遠い。その距離を考え、流れた時間を考えると、自分の過去の一切を洗いざらい話したい衝動が起きる。

その頃を考えるといつでもそのモダンジャズ喫茶店ジャズ・ビレッジが中心にあり、〝ビレ〟の周囲を五年間かけて移動していたように映る。

十八歳で東京に来た時の最初から、新宿にあったその〝ビレ〟を中心にすえて遊び暮そうと思っていたわけではなかった。

その頃の私の経過を言おうとするなら、故郷での生活から始めなければならない。中学を卒業する頃、お相撲さんになろうか、クラシックの歌手になろうかと迷った。迷った結果、高砂部屋からのスカウトを断った。

（相撲で思い出した。話はそれるが、前々から思っていた事なので、山本容朗氏の筆になる「耳よりな話」にある私の項目に誤解があるので一言。或る女性編集者にからんで、同僚の編集者にぶん殴られ前歯二本折ったとは、まったく違います。前歯二本折れているのは事実で、笑うとバカげた顔が余計バカみたいになるから、写真を撮られる時はなるたけ笑わないようにしているが、これは羽田空港で一日何十瓲《トン》もの貨物を扱って飯を食っている頃、貨物の上から落ちた時にやったもの。貨物の専門家だった私が、どうした加減か、貨物についている紙バンドをつかんで持ち上げようとして、力を入れた途端、紙バンドが切れた。そのまま二メートル下に落ち、普通なら頭をくだくか顔面をつぶして即死のところ、運の強い私は、歯をコンクリにぶち当て、欠いただけですんだ。それが喧嘩で折られたとなると、噂でもちょっと厭だ。女性編集者とは「月刊PLAYBOY」の阿部行子さんだろうが、阿部さんとは写真家の中平卓馬と私が組んで香港、シンガポール、スペイン、モロッコを旅する仕事「町よ！」で一緒に仕事をした人で、その私の前歯を折ったとされている編集者も、私が喧嘩するような人間じゃない。快男子で、ジャズ・ビレ風に言うなら、一緒に遊べ連《つれ》になれる人間である。相撲で思い出したのはその快男子との深夜、六本木での一番である。へべれけになって、もう俺、帰るよ、と言うと、もっと飲もうと快男子言う。上には上がいる。そのあたりでこの私の上を行く剛の者に気づき、そこに腰をおちつけてあとボトル一本でもあけて酔い潰れ、快男子に介抱してもらえばよかったのだろうが、勝手に階段をのぼり帰ろうとした。快男子、追ってきて、帰る、まだ飲もうともみあい、それで取っ組み合い同然の相撲になった。敵に後をみせているのは私で、いやア、山本容朗さん、はじめて負けました。シャツはズタズタ、どうした事か、胸は血だらけ。二度、三度、仕切りなおしてやるたびに押え込まれ、こんなはずじゃなかったとつぶやいている。いつぞや早稲田へ講演に行き、台の上に立った途端しゃべる事を忘れ、一時間半の予定を十分ほど、あのゥ、そのゥ、と繰り返し、終ります、と終え、その腹いせをかねて高田馬場の今はない芝生で学生たちと相撲し、連戦連勝、学生たちを地べたにたたきつけ悦に入り、講演のウサを晴らしたが、その私がどうやってもかなわない相手がいたのである。その快男子が殴って私の歯を折ったとは、悪いデマだな）

なんにしろお相撲さんになる事をあきらめ、そうこうするうちに高校受験が近づき、まっ先に思いついたのは三重県にある鳥羽商船高校だった。船乗りになって七つの海を渡りたいと、海を見て育った子供なら誰でも思いつきそうな事を思いつき、船乗りになりたいと言って廻った。

アイラーの残したもの

それが反対にあい、もともとどこか一本抜けている質なので、こっそりかくれて受験しようと計画していたが期日を間違えて記憶していた。歩いて十分ほどの新宮高校に入学したのは言ってみればそこしかなかったからである。

高校ではまったく勉強の出来ない生徒だった。

それでも妙になつかしい。

遅刻の常習者であり、学帽や記章はまともに持っていった事がなかった。もちろんその頃、連《つれ》の誰彼がそうしていたように夜、人の家へ遊びに行き、かくれて煙草も吸ったし酒も飲んだ。つまりグレているのではないがだらしのない勉強の出来ない平凡な生徒だった。なにもかも厭だった。学校の成績表が証明しているように落第スレスレの時間数と落第スレスレの点数をとっているヤルキのない何を考えているか分からない体の大きな生徒を三年間、無事つとめたのである。そのナマケモノの生徒は、鞄の中にマルキ・ド・サドを一冊、表紙カバーをめくって入れている。

授業中それをノートの中にかくして読んでいて、煙草吸ったり酒飲んだりするだけの連にみつかった事がある。その「悪徳の栄え」の赤い表紙の本の扉には、血がつき、扉が表紙にくっついてしまっていた。連はわざわざ扉をはがしてみて、変色した血をみつけ、「どうしたんな」と訊いた。めんどうくさいので答えなかった。何の血でもなく、それは鼻血にすぎなかった。その頃、深夜まで起きて手あたり次第本を読み耽る事が多かったので寝不足になり、頭痛がし、それで授業中わざわざ手をあげ、保健室へ行ってもいいかと教師に言う。教室では勉強の出来ないすぐ騒ぎたがる厄介者だったので、教師は一も二もなくうなずき、私は外へ出る。頭を手で抱え込んで授業中の廊下を行く姿を私の演技だと思っていた生徒もいたが、本当にどうにもならぬくらい頭が痛い。保健室で頭痛薬をもらって飲みそのまま眠る事もあった。（今でもその保健室の夢を見る。夢に保健室が出てくるのは、教会、キリスト、宗教というものが組み合わさった時だ。よく教会は保健室と重なり、一度などあの時、私の寝ころんだベッドのすぐ脇に置いてあった人体解剖図の模型そっくりに十字架から下りたったばかりのキリストに出喰わした事がある。皮膚のすべてがめくられ、ところどころに切られた血管のとがった切り口が釘のようにつき出している）

頭痛薬を飲みすぎて頭が痛くなる事もあった。のぼせあがり鼻血が出た。

その血のついた「悪徳の栄え」を気味悪げにひろげ、一、二頁読んでみて、連は「難かしの読んどるな」とつぶやく。

「変態の本やな」

私が水をむけると、

「絵が入っとらんと分からん」

その頃、サドに関して伝記の類も読んでいた。「文學界」に連載されていた遠藤周作の小説「留学」を読んだのはマルキ・ド・サドにこだわり続ける留学生の話だったからだし、サドの訳者の澁澤龍彦氏に桃源社経由でファンレターを出したのもその頃だった。

高校時代、何もしなかったかわりに、あるもの眼につくものは片っ端から読んだ。文庫本ではなく単行本というのが存在するのを知り、新刊が出る度に買い込んでいる同級生に借りうけ、読んだ。その時代、高校生の私らが読んで間のびした方言で、「つい、死んでしまうんやだ。そこがええ」と話し合ったのは大江健三郎、石原慎太郎、開高健である。私らより十歳ほど上で、しかも当時まだ若い。大江健三郎の「個人的な体験」の与える読後感は高校生の私には、それまで読んだどの小説とも違う現代文学と呼ぶものに出会ったというものだった。石原慎太郎は「行為と死」を読んで、処女作から、開高健は「日本三文オペラ」から読みはじめた。

高校時代、小説を乱読していた（なにしろ和田芳恵まで読んでいた）が、勉強が厭だったし、学校が嫌いだった。当然の事ながら家出をしたくなる。だがそれもやらなかった。なにしろあらゆる事がめんどうくさく、今、そんな高校生なら一体なにやってるんだとどなるだろうと苦笑するほど、落第スレスレの成績、スレスレの時間数、ちょっとばかりの反抗、ちょっとばかりの遵法精神とやらで、うまく高校時代を生きのびた。

時間数大丈夫、点数もスレスレで大丈夫、取り敢えず念の為と全部の教科担任に単位をどうかよろしくと、頭を下げて廻り、卒業式にも出席せず、さして親しくなかった連が東京へ行くのに合わせてまるで一泊旅行に出かける姿で汽車に乗った。家出ではなかったが家出同然だった。もちろんポケットに母からもらった大学受験の費用は入っている。

着いたその日、新宿のＤＩＧでジャズを聴き、次の日、一人でふらふら新宿をうろつき、音の鳴る方に歩き、「ジャズ・ビレッジ」を知ったのだった。

ジャズとは出会うべくして出会った「必要」の産物だという事を分かってもらえるだろうか。ジャズとは私だ、そう言いたい。ジャズに内在する神、いや、あらゆるものいたるところに遍在しすべてのものに勝利するもの、それこそジャズの正体である。

アルバート・アイラーが行っていたジャズの闘いはこうも言い得る。物語＝ジャズに対して、真実のジャズを求めたと。だが真実は嘘だ。というのは真実という言葉そのものが、物語の中のものだ。だが、誤解しないでくれ、真実が存在しないとか存在するとか言っているのではない。腐葉土をめくっていって真実という根っこにぶつかると言う考え方そのものが決定的に駄目だという事だ。

私の思い描いている架空のオペラ、小説ニューヨークは言ってみれば、その真実、真理を壊すだけの小説である。『ウエストサイド物語』の舞台で、誰もいない空地にぼんやりと立ち、私が思い描くのは、あれをやっても嘘、これをやっても嘘という歪んだ物語である。

破壊せよ、とアイラーが言っただけではない、ジャズは嘘だとも言ったはずだった、と思いつく。そう思いついてみればジャズという元々意味をなさない言葉が、その音楽に名づけられていた事が分かる。ジャズに意味はなかった。それに意味を附与し、これもジャズ、あれもジャズと、ニューヨークで眼にする光景に意味としてジャズをつけていた自分が愚かしくなる。

一人で自分の愚かしさに苦笑する。

十八歳からこの今まで、意味附与の連続だった。今となってみれば、あわただしく出て来て知った東京と、東京での体験は、宙吊りにされ、アドバルーンのように宙に舞い上がった架空のオペラだという気がするが、その実、架空どころではなく意味の連続だったと気づく。

経験、森有正の言う経験、反吐が出る。

私はただ、歩き廻る。架空のオペラたるニューヨークはアイラーのジャズが永久に耳に届かなくなった今、ニューヨークという名すらはぎとられ、寒く凍りつく〈交通〉の場所だ。架空のオペラ、即ち〈交通〉。

雪がとけて泥がくっつき、ぬかるみになった舗道を歩き、くたびれ、いつも行く茶色のビー玉のような色のついた硝子窓のあるレストランまで戻り、オニオンスープを頼み、突然おとずれた啓示のように、〈交通〉を考える。

つまりアイラーが言い残した事は、〈交通〉だった、と。破壊こそ〈交通〉であり、〈交通〉こそ、あのなにものにも勝利するものに唯一勝ちうるものだ。そう啓示のように考え、小説家である私は、オマンコでもセックスでもない性〈交通〉としか言いようのない小説をたちまち考えた。「水の女」をその性〈交通〉の小説と読めば可能だ。理屈を言えば〈交通〉こそ物語＝ジャズを無化する。

ジャズにどう〈交通〉を入れるのか、分からない。また理屈になるが、ジャズがジャズとしてあり、時に〈文学〉や〈宗教〉と同義なほどになったりするのは、ジャズというものが言語でもある事による。ジャズの発生へさかのぼってみなくても、この音楽の基本はヴォーカル、つまり言語である。スキャットの楽しさは単に楽器の真似を人声がするという事だけでなく、楽器が導入されて音によって言語から遠く離れてあるようにみえるジャズにむかっての、ジャズは言語であるというテーゼの暴露である。

言語への闘いがジャズの歴史であり、コルトレーンもアイラーもこの闘いの過程で死んだと言える。人の耳に届く音とはすべて言語であると言ってよいが、コルトレーンもアイラーもジャズの中に仕組まれた強力な音を言語化する装置であるコードから遠くはずれようとし続けたのである。

そのジャズに〈交通〉をどう導入すればよいか。たとえば音＝言語がむきだしの状態のロックやフォークソングを導入し、クロスオーバーをつくるのは一等簡単だが、これはジャズの言語とロックの言語の交錯で、言語への闘いであるフリージャズとは根本的に異る。ジャズ＝言語という文脈を考えていると、ジャズメンたちがシンセサイザーを使っている事が、興味深く見える。ジャズメンらは本能的に言語化されない音を渇望しているのだと分かる。

ジャズも小説も闘いは言語に対してであるだけに、ランボーの絶対の敗北を見、アイラーの死体を確認した今、自分がピストルで頭をうち抜き、どぶ川に浮び、人に気づかれず死体置場に放置されているのを想像する。ニューヨーク、架空のオペラ。

なにもかも嫌だ。いつか深酒して、酒場を出るともう日がのぼりきった朝になっていた事を知り、思いついて十数年ぶりに昔のジャズ・ビレのあった辺りをぶらついた。誰もいない。ジャズの音さえ聴えない。

妙にさみしくなり駅にむかって歩いていると、トコが来る。青春映画の出会いのように出会ったトコの語るジャズ・ビレの末期を耳にして、泣くに泣けずただうなった。ジャズ・ビレの末期はちょうど新左翼の運動の昂揚期と衰退期に重なり、ジャズ狂の常連もジャズ派と過激派に接近する派に分かれたが、共に死者が続出した。

ジャズ狂から過激派に接近し、突然足を洗おうと一カ月期間工に行き、結婚して羽田で働き、三島由紀夫の自決も連合赤軍のリンチ殺人もその羽田で耳にして今に至っているというのが私の経歴だが、うめくだけで、トコという私と同じような経過をたどって薬剤師になっているという女の子に、言ってやるどんな言葉もない。

「よりもよって薬剤師だって？」

トコは笑う。

「いつでも薬なら用立てるよ」

「三十二だからな」

涙で眼尻が赤くなったトコの顔を見ながら、いつか芥川賞を受賞した直後、編集者と一緒に新宿を歩いていて、岩さんに出喰わした事を思い出した。岩さんは様々なクスリをそのジャズ・ビレで売っていた当時四十くらいのヤクザだが、ジャズ・ビレのようなところから芥川賞をもらうとはさぞや努力したのだろうとひとくさりほめあげ、クスリならいつでも都合してやる、と言った。

岩さんもそう言ったと言うと、

「昔のケンジ知ってると、誰でもそう言うな」

と笑う。その笑顔を見ながら、すべてなにもかもあの時、耳にしていたアイラーのフリージャズが悪いのだ、とひとりごちた。フリージャズ。フリー。あの時も、今もその言葉が好きな事には変りない。十八歳の時、こんな小説を書いた。読んでみてくれ。

赤い儀式

いやな朝だ。今朝も空一面を薄い灰色の、煤煙とも雲ともつかぬものが覆っている。向いのアパートの煤けて触ると手がまっ黒になる程の茶色の屋根瓦。思いだしたように姦ましく囀り、赤茶けた羽根を広げて、砂ぼこりを縫ってかさかさした舗道に舞い降り、砂ぼこりをはらいながら歩きまわる雀。遠くの方から次第に近くきこえてくるしじみ売りのけだるい声。いつもの朝だった。上京このかた馴じみの朝、しじみ売りの声がきこえるのは、六時ごろだった。「あさりい、しじみい」と呼ぶ声を誰かが「あっさり、買っちまえ、でないと、あっさり、しんじまえ」といっているのだというのを思いだした。なるほど、そう聞えるが、なぜか笑う気にはなれない。むしろ、体にどっとけだるさを感じ、思いだしたことが、いまいましくなる。起きようか。しかし顔を洗うのが、おっくうだった。面倒くさくなってきたので、再び目を閉じていることにした。目を閉じると、夢の続きでもみられるだろう。

少し眠ったのか、もう七時を過ぎていた。いやに肩さきから左腕にかけて重ったるい。左腕を押さえつけて、眠ってしまったのだった。だらんとして感覚の遠のいた左腕と、眠っているうちに動き始めた隣の印刷工場の単調な騒音とによって、だんだんと気がいらだってきた。歯ブラシと歯磨粉を持って洗面所へ行く。小さな窓のそばに設けてある下宿屋の共同洗面所には棚の上にだれかの置き忘れていったらしい小さな鏡があった。鏡に写った僕の顔は、いつみてもいやな顔だ。あきあきするように単純な構成でいて不均衡だ。無計画の計画という言葉をどこかで聞いたことがあるが、さながら僕のは不均衡の均衡という顔だ。水道の蛇口をひねった。水はけだるい音をたてて、トロトロと、まるで寝ぼけてでもいるように流れた。歯を磨こうか、顔を洗おうか。けだるさが体の奥からドッと出てきて、身体を襲った。立っているのが苦痛になってきて歯だけを磨くことにした。口のまわりに粉をくっつけながら磨いた。いつだって、この精気のない水の音と、白い歯磨粉の臭いで僕の一日が始まるのだった。

国電のホームに出た頃には、もう八時を過ぎてからであった。流れ出る汗で体全体が、湯の中につかってしまったようだった。朝の駅には一種独特のふんいきがある。朝のまだ温たまっていない空気と、息づまるほどの人いきれ。それは平穏な生活のふんいきでもあり、殺伐たる生活のムードでもある。駅に集まる人達は、よく動きまわる。人々は改札口を入ると、いそいで階段をかけ上がり、電車をまつ人ごみに紛れこむ。見ていると楽しいように感じるし、自分がどことなく場違いの所にきてしまったと落ちつかなくなるのだった。

電車が入ってきた。オレンジ色をしたありきたりの電車だった。ブレーキをかけて、次第に速度を落す電車のドアのガラスに輪郭が二重になって僕の姿が写っていた。まるで肺胞とそれを覆う肋骨を丁寧に抜きとられたように胸を屈めていた。それは、朝からのけだるさと、ホームにまき散らかされた二酸化炭素と、駅独特の臭いにうんざりしている僕には、似合いの姿だと思った。さあ電車に乗ろう。心の隅に、ほんのちょっぴり残っている活力というのか、そういうものが足を電車の中へ運んだ。左手に抱えたカバンがやけに重く感じられた。体中の毛穴からふき出てくる汗は、水滴となって体をつたう。額にできた汗のひろがりは、何本かの汗の河となってまつ毛をぬらし、目を洗う。ある河は唇をぬらし、口の中までしみ透ってきた。もう塩からくなった汗の河は僕に不快とやりきれない感情を熱く胸中に交錯させた。体全体を被っている汗は、次から次とにじみでて、下シャツをべっとりと浸す。その下シャツは体にまきついたままだ。すこし広げたワイシャツの胸のあたりから下着がのぞけた。僕はカバンを持っていない右手を、隣りの人になるべく触れることのないよう胸にもっていき、ワイシャツの上から体にぴったりと密着している下着をつまんで離れさした。その下着の奥の方から、僕の汗のにおい、青くさい体臭が流れ出てきた。僕は自分のにおいが嫌いだった。いまにも嘔吐が出そうだ。なぜ自分の体臭が嫌いだかは分からなかった。なぜかしらいやな気になってきた。自分の全部の物がいやになったような気になった。自分が悲しくなってきた。自己嫌悪をもよおした自分がなんとなく、いたわしいような気持ちになり、感傷的感情をさそった。涙が流れ出た。いぜんとして汗は額からも、首からも、体中から流れでた。僕はいそいで汗をぬぐった。右の胸さきの、いままで砂銀をまぶしたように光っていたのが、一遍に汗に被われた。

僕が体にまといつく下着に、不快な感じを抱き、周期的に襲う吐気に悩まされながら、やっとの思いで予備校の五階までの階段を上りつめると、すでに教室では前半分の席は、ほとんど占められていた。僕はいつものようにめだたない後部の窓よりの席を占めた。左手はけだるさがまだ残っていた。手垢でよごれているはずの黒いビニールのありきたりのカバンを机の上に置いた。ふいに左手より感覚がなくなってそれが生温いものになり、のどの奥深くを鈍く刺戟した。胸の中に熱く丸い不快が走った。唾液が口の中で集まった。再び吐気に襲われたのだった。僕はいそいで教室の外に出た。外に出ても吐気がおさまるはずでもなかったが、教室の中にいると、その容積の大きさと、人間と、にごった空気に圧倒されて、一層吐気がひどくなるような気がしたからだった。教室の中にいると、不断でも、自分が群衆にまぎれこんでしまって、自分の存在が混沌としてくるのだった。頭が鈍い痛みを包んでいた。口の中に集中する唾液の量が増えた。耐えられない吐気が襲った。僕はいそいでローカの隅にある男子専用の便所へ入った。鼻を刺戟するアンモニアの臭いは、とうとう体の奥からこみあげてくる物を体の外へおしあげた。僕はせい一っぱい力をこめて、そして声をはりあげて内からつきあげてくるものを吐きだした。苦い胃液だった。水洗便所の容器の中に浮いている茶色の胃液は、外からもれる薄い光に映えながら輝いていた。再び感傷的感情があふれ出、涙が出てくる。とめどなく流れる涙は、僕には不似合のものなのに。

嘔吐と心臓の鼓動と共に生じる鈍い頭の痛みが心の静まりと共にきえかかってきたので、僕は五階にある屋上の休憩所に上っていった。まだ朝のひやりとする空気を建物の陰にみいだすことができた。僕はできるだけ日の光のあたっている場所を避けて、向こう側のネットに向かって置いてあるベンチに腰をかけた。建物の陰でもあり、風通しも良いので、すこし気分が落ちついてきた。太い金網の向こう側には、まだ昇りきらない太陽が薄い光を灰色の霞みのかなたから町全体に放っていた。活動を開始した町は僕にとって、馴じみの町でもあり、どんなにしても僕を拒んでいる町のように見えた。どこの家ももれなく茶色の煤に覆われていた。道路の上に白い蝶々が飛んでいた。都会の、夏の朝の薄い太陽の光を浴びながら飛んでいた。まるで巨大な無生物の屍の上をできるだけ優雅に舞っているようにみえた。蝶々のあまりの羽の白さが目を射て、僕は再び頭痛を感じた。そして自分のいままでやってきたことを全部忘れてしまったような気になった。僕は間隔をおいてずきずきと襲う頭の鈍い痛みの中で、一瞬にいままでの生活の全部を思いだそうとした。三月一日に行われた大学の入学試験に落ちたこと。田舎の高校での卒業式の日の事。そして高校生活のこと。しかし自分が意識的に思いだそうとあせっても、なにも秩序だって思いだすことはできない。ただ頭の隅に浮ぶことは、僕の生活全体いつをとってみたって、平凡なことだった。常識的に、ただひたすら平凡に過ごした。高校二年の時、担任の教師が、父母に僕のことを、素直な、好感のもてる生徒ですといったことを思いだした。教室の隅でみんなに紛れこんで、群衆の一員として行動していたのを素直だといい、自分の意見をもたず、人の指示どおりに行動し、人に影響されるのを好感がもてると云ったのだった。ものを表面的に、観念的に観て、それを絶対だと信じているんだと思った。自分が思いだしたことに、変に腹が立ってきた。そして僕がいまでも特性がなく、なんの意志も持たずに暮していうのが悲しくなった。僕は顔だけが別に均衡をたもって作り直されたとしても、又他人の顔を僕がつけていたとしても、だれもその異様さに気づかずに過ぎてしまいそうな気がした。自分がまるで泡沫のごとくに、消滅してしまいそうな気がした。

頭が再び鈍く痛みはじめだした。考えがまた混沌としてくるにしたがって、吐気がひどくなりはじめた。ぐっと体内からつきあげてくるどうにもならない消滅してしまいそうな不安と胃をけいれんさせる吐気が頂点に達する。僕は、全ての過去と現在はこの嘔吐と共に体から出ていってくれと祈りながら大きく口をあけてコンクリートの上に苦い胃液を吐いた。茶色の胃液だけのこの嘔吐が、しつこく何回も襲う。茶色の液体は軌跡を描きはじめた。

僕はいつだって授業に出ると来てはいけない場所にきてしまったという感じがつきまとうのだった。めだたないように後の隅に席を占めても、いつも回りの生徒が僕を横目でにらんでいるような気になるのだった。僕は今日も、左隣の女生徒が、ノートをとる間に間にちらちらと僕を見ているのに気がついた。目だけがやたらに大きくて、何ごとにも興味をもっているように、きょろきょろしている。小さな顔は真っ青かとみまがうほどだった。きょろきょろと僕をみるので、僕は恐怖に似た圧迫感を持ち始めた。女生徒の目と僕の視線が合った瞬間に、僕は教室の密度の濃い二酸化炭素と、何百人もの生徒の数を意識した。僕は、呼吸の一つ一つが、意識して行うと苦しいのに似た感じを抱いた。隣の生徒が笑った。小さな顔の、口のあたりにだけ笑いが止っていた。それを感じて、自分が嘲笑されたように思った。僕の体に、ズキンとこたえる衝動が伝わった。僕の心臓は、大きな音をたてて、速く回転し始めた。そして一呼吸が差を縮めた。僕は女生徒に絶対的な恐怖を抱いた。どうしてなのかわからない。僕の方がいつもはその女生徒を気にかけ、盗見しているのに、今日は、目の大きな女いそいで立ちあがった。するとテキストをかかえて、生徒から逃げださねばならないと思った。僕はカバンとノートとテキストをかかえて、いそいで立ちあがった。すると予備校の講師が目じりにのこっている笑いの余韻をふりはらうかのごとく、体をびくっと動かした。僕はまた、何百人もの目、を意識した。一億人の目の中に、僕の胸のかがみこんだ体が写った。一億人の生徒達の顔に笑いが起った。その笑いは勝者の笑いのようだった。僕は机のあいだをぬって、教室の外へ走り出た。急に視界が明るく広く展開した。全ての物が静止して自分だけの心臓の音が町中に響いていくように思えた。

興奮はなかなかおさまらなかった。体中の血管がふくれあがって、赤血球の軌道が逆方向にむかっているように感じた。頭がずきんずきんと痛むのに気がついた。心臓の鼓動が速いのに気がついた。僕は自分の体が恐怖と侮辱でいっぱいになっているのを感じた。しかし一方ではなにも出来ない僕は、とんでもない事を仕出かしたように思えた。実際に大変な様らしく、予備校の事務員が僕をさがしにやってきた。だから僕はいそいで屋上にかけあがり、コンクリートのかげに身をひそめた。事務員は僕がかくれているコンクリートのかげの方をじっと見つめているようだったが、下へ降りて行ってしまった。僕はほっとした。なにかしら心の中のしこりのようなものが、とれてなくなったような気がした。その時、周囲に人がいるのに気がついた。一時間目の授業に出なかった生徒がたむろしているのだ。参考書を読んでいるものが大半で、あとは二・三人でワイ雑な話をしているらしかった。僕はそれを見て、少しくつろいだ気になった。だからコンクリートの壁にたてかけてあった古びたベンチをできるだけ日のあたる場所にひっぱり出した。僕はその端に腰を下ろして、さっきからちくちくとくすぐったい痛みをあたえている手の掌をながめた。中央部に、小さな傷があった。血がほんの少し申しわけ程度に傷のまわりを濡らしていた。さきほどのコンクリートの陰に身をひそめたときに作ったひっかき傷のようだった。わずかの血は、だんだんと強くなってきた夏の昼前の太陽の光をうけて、あずき色に変色していた。僕は不思議でならなかった。血というものは真赤なはずなのにそれがあずき色だとは、どうしたことだろう。僕は今朝の電車の中で、自分の汗まみれの体から発散するにおいで吐気をもよおし、それが感傷的気分をそそったのを思いだした。そして、そのときと同じように自分のあずき色の血をみて吐気が起る。僕は自分の性格の小ささは以前から分かっていたし、つとめてそれから脱け出そうと心がけた。しかし実際は自分の思ったことを、そのまま為した事はなかった。僕はいつでも自分のけだるい生活の中に、突発的な、そして群衆を超越する事件の起ることをまち望んでいた。いつでも夜眠る時に、ギリシャの神話に出てくるヴァッカスという酒神に会って、その緑色に輝き、ひとたび飲むと髪も起つという霊酒を飲みたいと願った。しかし夢の中ですら酒神は現われはしなかった。その事はこれからの僕の生活を暗示しているように思えた。そしてただあるのは、毎日の電車の往復と、退屈な勉強、そして巷に氾濫する表面だけの泰平ムード、社会全体にみなぎっている虚無思想。みんな僕の生活を生き生きとした毎日に変えてくれるものではない。ただ僕の欲しいのは、英雄的な事件、群衆を超越する行為である。僕はいつでも英雄的に生活するのが、課せられた最高の任務であると信じた。それは頽廃した社会で、もっとも安全に飯にありつく道、もっとも早くプチ・ブルジョア階級になる道ではないと信じた。僕の過去も現在も、みんな駄目だ。だから僕は始終吐気をもよおした。嘔吐だ。現在の自分をも、過去の自分をも嫌い、否定する思想によって、自己嫌悪という形によって、始終嘔吐するしかない。

やりきれなかった。あずき色に変色した血は僕を恐怖に追いあげた。このまま一遍に老人と化してしまって、なにも為さずに終るかの感じがした。そう感じると、なにか急いで為さねばということを感じた。僕は思った。今のこの恐怖とやりきれなさを吹きとばすには、これから自分の信条である英雄的行為を為すか、それとも英雄的行為の可能の証明を行うことだと。

まずできるだけの形の良いギラギラと光ったガラスをさがした。だが掃除がよくゆきとどいているのか、そこには見あたらなかった。そこで僕は屋上のネットに使っている金網の、光のうんとよくあたっている鋭い突起を見つけた。僕は証明の行為を始める前に、大きく呼吸した。頭の中が軽くさわやかになった。僕はゆっくりと、濃い灰色に輝く突起を指にあてた。すると体の奥の方に、くすぐったさを感じた。そしてそのくすぐったさがある快さとなって体全体に伝わった。僕は左手で金網の鋭い突起を握りしめ、指に代って、右の手の掌の真ん中を押しあてた。そして、左手に握った突起と、右手の掌を同時にいきおいよくおした。あまり硬くない手の掌は簡単に破れ、そして肉の間へ異物が侵入するのがはっきりと分かった。すこしとまどったようにして、強くなった太陽の光を帯びた液体は、奔放なようで、規律のある軌跡を描きながら、腕を伝ってコンクリートの上に流れおちた。しかし僕は手の掌から腕にかけて輝く液体を見て、おどろきの声をあげた。心臓の高なりと共に、流れ出る液体は緑色なのだった。緑色に輝く液体が、体の白いワイシャツを染めて、ズボンに吸いこまれて行くのをぼう然と見つめた。美しい液体だった。驚きに紛れていて、ふと気づくと生徒が駈けよってくる。夏の暑さを感じた。灰色がかった青空と、太陽の輝きの中で、息が塞まった。

僕はどんどん近よってくる生徒の群に押されながら、五階の階段まできてしまった。

緑色に輝く血は虹の様な光沢を服にのこして、とめどもなく流れた。僕はそのとき、そこに教室の中で隣りあわせた女生徒がいるのを発見した。女生徒はまっ赤なスカートと、白いシャツを着ていた。まるで私の血は流れ出すとこんな色だといわんばかりに、太陽の光線をまともに受けて、赤く明るく輝いていた。女生徒の大きな目と、口のあたりに笑いが浮んだ。手に本を持っているのが分かったが、なぜかぶっ騒な物でも持っていて、僕に襲いかかってくるように思えた。彼女は僕の左の手の掌をながめると笑いが消えて次第に僕に近づいてきた。そのとき教室の中から、ぞろぞろと生徒が出てきた。生徒たちは、僕がその階段に立っていると、なにかと互いに話しながら、だんだんと僕に近づいてきた。たしかに僕のことを話している様子だった。僕の緑色の血は、一体どういう訳か、分からなかった。僕はそれを考えるひまもなかった。ただ僕に接近する生徒たちが恐かった。右手に流れる血が、自分には英雄的行為の不可能の証明なのか。緑色の血は老人の、平凡に生活し、平凡に子供を育ててきた老人の血のように思えた。女生徒が僕のすぐそばにやってきた。僕は女生徒に対し、右手を隠したいような気もちになった。女生徒がうすっぺらい口から、言葉を発した時、僕の右手は、空間をよぎった。つづいて僕の体が空間をよぎった。今度はいままでと反対に生徒たちが遠のきはじめた。

僕は五階の階段の手すりから、落下しはじめた。僕の体は回転しながら、階下へ落ちていった。僕はなにがなんだか分からなくなってきた。ただいえることは落下したことによって、あらゆるものから解放されたことだった。やがて世界はななめに動き始める。地上には、生徒がいつものように群がっていた。みんな一斉に僕を注視した。口を大きく開けて、青白い顔をしている。僕は偉大な英雄のようであろうと想像した。ただ普通の英雄と異るのは、一方は馬上や城の上から群衆をながめたのに対し、僕は空中から見下ろしている点である。僕は愉快になってきた。僕は、あの平凡な生徒であり、これからでもそうである人間に対し、一種の優越感を抱いた。やがて僕の落下するだろうと予測される地点にコンクリートが見えた。英雄は落ちる。僕は人の顔の筋肉がこれほどこまやかに作用するとは、思わなかった。空気がすずしく感じられた。僕の落下はまるで即興劇のようであると感じた。もうすでに開幕している即興劇は見物人に好評を博している。この即興劇のしめくくりは主人公の描くアブストラクト絵画によるものであった。あの灰色のキャンバスに、すばらしい儀式の絵を描く。灰色を基調とした赤のアブストラクト絵画。その題名は赤い儀式、副題は英雄。

しかしその反対のこともいえるのである。僕の生活を通して全てが受身である。この最後の儀式も受身的に手すりからこぼれ落ちたのであった。しかし僕が五階の階段から故意によるか過失によるか、どちらにしても落ちなければならなかったのである。嘔吐だけで自己の存在を否定し、肯定するということは、あまりに内容が貧弱である。したがって現在及び過去の自分、とそして同じような生活をなしている大半の同年代の若者たちの肯定、そして未来への憧憬は、僕の五階よりの落下以外に、方法のないものだと思ったのだった。そして今考えるのに現存の行為の最中だから肯定されるはずである。そして僕が消滅するのは、群衆からの超越と、世の中の人々を否定するに必然性のあるものだと思った。僕はむしょうに楽しくなり、これから誕生する英雄におしみなく微笑をささげた。

高校在学中に書いた、掛け値なしの処女作であるが、他の作家同様、処女作とは不吉である。まだ高校を卒業してもいないのに、都会での受験浪人を主人公にしたこの処女作は不吉さが倍増する。英雄的行為が予備校の五階の手すりから落ちることによって成就するとは皮肉である。

架空のオペラたるニューヨークで、今ひとり宙吊りにされた架空の空に吊るされた新宿での五年間を振り返ってみて、青春は輝いているのかと思う。ジャズと共にあった青春、とコピー風な言葉を思い出し、バド・パウエルを耳にし、このアーチストもまた別の声で破壊せよ、とつぶやいているのを知り、ではジャズとは何なのか、青春とは何なのか、改めて考え込む。日本に居つづける必要はない。日本人である必要もない。

一回限りの楽天的なコルトレーン
――「ビレッジ・バンガードのコルトレーンとドルフィー」

「ビレッジ・バンガード」で演奏されたこのレコードは、妙に力がある。コルトレーンに関する限りは、このレコードでは、自信たっぷりのような気がする。言ってみれば、こういう時代は、作品を創りあげていく人間ら、それを単に作家と言ってもよいのだが、その作家らには、極くまれにおとずれるのである。ジャズが、密室で、一人で創るものでなく、同じように演ずる他者がいて、聴衆がいる、という開かれた関係のものであるなら、その極くまれにおとずれた自信に満ちあふれ、音を信じきった時期は同時に協奏者を信じる事である。コルトレーンは、エリック・ドルフィーを信じている。何とこの「ビレッジ・バンガード」のコルトレーンは楽天的なんだろう。

コルトレーンがこの後、死ぬまでにたどる音の破壊とすら私には見えるほどの求心的なジャズを見ていると、苦しみも、クル・セ・ママと祈る音の祈りも、この「ビレッジ・バンガード」の夜から生れ出た、と思える。

一回限りの、楽天的なジャズ。

規制を喰い破り、既成を喰い破ったコルトレーンは、確かにアナーキーである。自由である。ドルフィーは充分にスキルフルである。既成と規制を破った共感が、あふれている。だが、私には悲劇が、ここから始まっていると、思うのである。カッコよく言えば、魂をそんなに問いつめなくてもよい。音を、ジャズのジャズたるものを、問いつめなくても、よい。

久し振りに聴いたコルトレーンのジャズだった。ドルフィーの入ったコルトレーンとして聴いて、ドルフィーという圧倒的な巧者が、むしろ、コルトレーンのジャズそのものを挑発し、おまえが死に至るまで問いつづけるアナーキーの、ブロークンの、魂のジャズは本当のものか？　と絶えず訊ね、語りかけている気がした。私には衝撃的なレコードである。

ジャズが聞えてくる

1

はじめにまた文学の話だが、前回にふれた徳田秋声の小説がジャズに似ていると突然思いついた。ニューヨークで今年の正月に出会ったベーシストの中村照夫について書こうとしての事である。

私小説家秋声と、ジャズ。そう思いついた自分のトッポさに、独りニヤニヤする。私が読む秋声は、何しろ自由だ。いきいきしている。たとえば「あらくれ」の〝お島〟、こんなにピチピチと跳ねる女、当今の小説家の誰が書けるか?

その自由や生き生きを考えると、いろいろな理由が挙げられるが、「あらくれ」がとりもなおさず、新聞の連載小説だった事に、私はいっとう始めの指を折る。このメッセージ特急RUSHもそうだが、つまり連載という形式は、ジャズだ。新聞小説を毎日毎日読者が読み、こうしてくれ、ああしてくれと、秋声に手紙があったのだろう。それはジャズも一緒である。拍手をし、体を動かし、声をかけて演奏するジャズ野郎はノりにノる。ノっているならもういっちょうハードなところを吹いてやろうか、というシャバダバダ精神が頭をもち上げる。

正月、雪のニューヨークで、小説家いや小説野郎、小説気違いがジャズ野郎と逢った。このジャズ野郎、中村照夫という名前。実にいい顔している。

正直、それまでニューヨークに、腹が立っていた。まず英語がペラペラ、スラスラと通じない。独りでウロウロ、ハーレムそば、『ウエストサイド物語』の舞台近辺を歩いていると、白人が私に道を尋ねる。旅行者だから分からないと答えると、ペラペラまくしたてる。何やら移民したばかりの者か密航者のような気分になり、切なくなり、白人にも、耳が耳垢でつまったように英語を聞いて、トチリながら話す自分自身にも腹が立ってくる。

週六十ドルで借りたアパートでエレベーターに乗るたびに一週間目くらいまでは、寒イデスネ、外ハ雪デスネ、ニューヨークハトテモ寒クテ、ビックリシマスネ、と話した。そのうちにムッツリと黙り込むようになり、終いには乗り合わせたプエルト・リカン夫婦を見て心の中で、モタモタしてないで、ニューヨークなど爆弾大量に仕掛けてフットバしてやれよ、とつぶやいている。

ニューヨークにはバクダンがよく似合う。というのも、アパートの入口の防弾硝子でおった管理室の前に、プエルト・リコ人の爆弾犯人の顔写真のチラシが貼ってある。その

クサりにクサった私に、ニューヨークのPB野郎、塚本潔がベーシストの中村照夫の名を挙げた。キャッシュ・ボックスのカテゴリーをはずした百位内に、テルオ・ナカムラとライジングサンの「マンハッタン・スペシャル」が入っている。国際的文学者、国際的音楽家と流行《はや》る国際の本当の意味を持ったジャズ・アーチストだ、と塚本は、国連本部そばにあるニューヨークのPB支局のスティームのきいた部屋でその「マンハッタン・スペシャル」をかけながら言う。テープデッキがとてつもなくいい。塚本に、いくらしたのかと訊ねると、思った以上に安かったと言う。中村照夫というより、ここではテルオ・ナカムラだが、電機屋のオッサンまで人気ベーシストだと知っているので、安く買えたのはいわばその顔での事である。

それで、日本から来ているピアニストの山本剛と意気投合して、急遽レコードをつくる事になり、リハーサルに入っているというテルオを訪ねて、ソーホーにあるテルオの室《ロフト》に行った。冬の夜のニューヨークは極端に寒い。車から降り、塚本が手袋をはめたままロフトのベルを押す。犬の吠える声がする。私、南国の紀州生れで寒さに弱く、身を震わせてロフトの一階のハンバーガー屋を見ている。店内は誰もいないし灯もない。ただハンバーガーという文字のネオンだけ消し忘れたようにある。

2

ジャズが確かに聞えてくる。シンセサイザーとドラムスだ、と分かる。帽子を被った眼鏡の黒人が出て来、塚本と握手し、私に、ハイ、ナイスミーチュウと手を差しのべる。犬が私の顔を見ている。階段を昇り、室に入る。そこにテルオはいた。ボサボサ髪、負けん気の強そうな鼻、ただ一皮の眼に悲しみのようなものがある。挨拶をし、握手し、私、ソファに坐る。それから何日、何時間、そうやってそこに坐ったか？

日本から来た山本剛の曲やコルトレーンの曲を、テルオが、違う、違うと声を出し、足ではずみをつけながら一節歌ってみ、山本が弾き直す。ＯＫ、もう一度、ワン、ツウと声を出し、四人は弾きはじめる。

そのロフトで、私は黙ったきりだった。今から思うと、テルオらのリハーサルを耳にし見ながら、何か一生懸命に物を考えていた気がする。たとえば、ドストエフスキーの小説について、とか、マルクスについてとか。いや、そうじゃない。一生懸命、頭の中カラッポになっていた。ただその時、声をかければ「どうしたって？」と返事のくる距離にいながらテルオと話もせずジャズを聴いていたし、聴こうとしていた。ここで読者に、手短かにいえば、私は、こうだ。十八でジャズを聴き、ジャズとクスリだけあれば他は要らないという、ヨレヨレの暮しを二十三までやり、足を洗って一転してクスリともジャズとも縁を切って汗水たらして働いた。「岬」も「枯木灘」もそんな男の書いた小説だが、主人公が汗水たらして働いているのは、私のクスリびたり、ジャズびたりの時の願望が、いま小説の主人公をそうつくっていると言える。

テルオらのリハーサルを目にし耳にしながら、あの時の仲間も私も、こんな生活でなしにお天道サン見られる生活したいと思ったし、リキだったか、死んだソメヤか、歌声喫茶の前を通りかかった時、私にこう言った。「オレよ、いっぺんでもよ、こんなにして歌ってみたい」。その時はみんな歌声喫茶などで大声で「ガンバロウ」とかロシア民謡を歌う連中はウジ虫以下、朗々とした歌声聞くと反吐が出ると思っていたので、その言葉が奇異に聞えたが、それから十年ほど経った今、私、アイツのその言葉、分かる。

リハーサルが終った時、テルオが、「退屈じゃないか?」と訊いた。音があればいいって質《たち》だから、と私は答えた。テルオに、万感の想いをこめて私はそう言ったのだった。ジャズびたりは、ほめられたもんじゃない。ジャズなどなくても人は生きていかなくちゃならん、だが、ジャズについ、耳が動いていく、音に耳が動いていく。テルオは、「そうだよな」と言い、手に入れたばかりだというキューバ産の葉巻に火をつけ、溜息のように煙を吐く。「俺もそうだよな」独り言のようにつぶやく。

テルオのジャズは、スイートである。シンセサイザーを使っているからであろうが、クロスオーバー風である。

昔の私の好みだったコルトレーンやアイラー、アーチー・シェップと随分違うが、何故なのか分からない。その時、実に新鮮に耳に聞えた。コルトレーンやアイラーに惚れ込むあまりその音、そのジャズに意味をつけすぎ、ジャズを理屈で聴いていたのだとも、テルオのジャズを聴いて思った。「マンハッタン・スペシャル」一枚が描き出すマンハッタンとは、アイラーの自殺死体が浮いたハドソン川に面したマンハッタンではなく、柔らかな感性が映しとった街なのである。

雪が降っていた。レコーディングのため、ロフトから楽器をテルオらは下に停めたマイクロバスに運んでいた。最初、三階の踊り場から私は見ていた。テルオの肩に雪が舞い落ちていた。私は二階のテルオのロフトから、アンプを一つ持って、重みを感じながら降りた。

アルバート・アイラーへの手紙

マンハッタンの空気を吸いはじめて、どのくらい経つのだろうか。

十年前、二十代の終りにニューヨークに来て以来、十年ぶりの空気だ。

十年前、フラリとニューヨークにやって来て、ハーレムの入口のハンドレッド・テンに一カ月も住みついたが、あれに理由がなかったように、今、ニューヨークのマンハッタンにいる、というこれも理由がない。

十年前、俺はまだ青春の真ん中にいた。ニューヨークをうろつき、やはり極寒の冬の季節だったから、寒さに震えながらジャズのライブに並んだり、小説のノートを取りにハドソン川のそばのカフェに通ったりしたが、あの時、こう思った。

十八歳で紀州から脱出する先は、東京でなくともよかった。このニューヨークでもよかった。

そう思った時からさらに十年経ったのだ。

＊

今、俺はニューヨークにいる。

しかも昔と同じようにマンハッタンのハーレムのとば口。おまえが死体となって水に浮いていたハドソン川が見える。

ハンガリアン・カフェで俺はこの手紙を書いている。今はどこからもおまえのフレーズは聴こえてこない。誰からもおまえの名前を聴かない。

それでよい。

おまえは俺の独占物だ。

十八からすごした俺の青春がどんなに輝こうと惨めであろうと俺だけの物であるように、音に魂を震わせ、音が導く自由に共震れし発見したおまえは、俺の私的所有物だ。

おまえに共震れした時に読んだ本の冒頭部をまだ覚えている。

「俺は二十歳だった。人の一生で一番美しい年齢だ、なぞと誰にも言わせない」（ポール・ニザン『アデン・アラビア』）

そうだ、俺も誰にも言わせない。

おまえが死体となって浮いていたハドソン川を見ているとなおさらその思いがつのる。

ただ、もう二度と他人の事は言うまい。

他人をとやかく言って何になろう。

自殺。

アイラーは自殺したのだ、と思っている。

ハーレムの中を歩きながらアイラーのその自殺を考える。

チョコレートはハーシーに限るだとか、ジーパンはリーバイスだ、いやサスーンがいい、とアメリカ通をひけらかす人間には、俺のカッコよさが分からないだろうとうそぶくが、俺は本当に暗くなっている。

若者用語で、今は誰でも知っているネアカ、ネクラという言葉では到底あてはまらない自分の存在の根本が磨り潰されてしまった感じなのだ。

フリー・ジャズ。

一九六〇年代に突発的に展開したそのジャズは七〇年代、さらに俺たちが今生きている八〇年代の思想問題をすべて含んでいる。

昨年、おととし、日本のネアカでニュー・アカの面々がまき散らした思想家の名前や用語は、このフリー・ジャズを解説する人物であり、言葉だったと言ってよい。

一九八六年一月二十日。

キング牧師を記念したアメリカの新しい祝日。

アイラーと較べれば、キング牧師は反動だ。それでも黒人やマイノリティーのグループの思いがこもっているから、すこしは祝う気がある。

外気は日陰に入ると凍りつき、張りつめる。

建物は荒れている。

建物の窓という窓は破け、人が住んでいる気配がない。その隣の建物、さらにその隣の建物もそうだ。

道路の向う側の建物の前に若者が三人、立ち話している。

空き地に日が射していた。

雀が餌をあさっていた。

空き地を抜けると、一見してアル中と分かる老人が立っていた。俺の顔を見ると、煙草をくれと言った。

ノー。

俺は一言だけ言って、歩き続けた。

好きな人間に病気で死別されるのと自殺されるのとでは、後に残された者に与える影響は大きく違う。

ボブ・マウリーは癌で死んだが、俺の知るところでは、癌の初期症状を子供の頃のフットボールでの怪我の後遺症だと取り違え、まじない師の民間治療にかかっていて手遅れになったらしいが、早すぎる彼の死も自殺のように見える。

アイラー、おまえもそうだ。

川に浮いていた死体は頭を拳銃で撃ち抜かれていた。他人の手で撃ち抜かれたのか、サックスを奏でる自分の手でやったのか、いまだに判別がつかないが、どちらにしてもそれは自殺だ。

俺にはそう見える。

自殺する感性というものがあるのを知っているだろうか。

張りつめていた物がなにもかも一挙にカタストロフィーに向ってなだれ込む感性。

おまえのジャズを偏愛していた頃、毎日が自殺のようなものだった。

毎日、毎日、朝が来るのを不思議に思った。

クスリで濁った頭のまま二時間もかけてモダン・ジャズ喫茶に出かけ、おまえのたとえば「魂の結合」とか「死後硬直」というフリー・ジャズを聴いて俺の惨めで絶望的な一日が始まったのだ。

はっきりわかっていたのは、おまえも俺も自殺する感性だという事だった。

俺はここにいる。

ひりつきながら、ハドソン川を視る眼の奥から、自由を奪い取る物、抑圧する物に復讐したいと言う衝動がふつふつ炎を上げるのを感じながら、何かを待っている。

おまえの声なのか。

＊

紀州から俺は出て来た。おそらく俺のこの感性は、紀州に色濃く漂う男たちのヤケパチな性格に多く負っているのだろう。たとえばこうだ。

陸で食いつめる。

借金をする。

イザコザを起す。

関係がうまく行かない。

それでも何もかも一挙に解決しようとして、遠洋でマグロを獲る船に乗るか、タンカー船に乗る。

一航海何十万、うまく行けば百万、二百万円入る。

三カ月から一年ほど船に乗るこの手っ取り早い難問解決方法は、地道に物事を積み上げ、解決していくにはあまりに不便で不利な紀州という土地の条件から来る。

言ってみれば、これはうまく仕組まれた短期間の自殺だ。一度この方法を知ればクセになる。

アイラー、いま思いついた。

俺は去年の十二月二十三日、この紀州の漁師のやり方で自殺し、アメリカへ発ったのだ。ニューヨークのマンハッタンで歩き廻りながら、俺は今、十年前に置き忘れて来た自分の死体、二十年前に置き忘れて来た死体をいま確かめようとしている。

海であれ、川であれ、水は死のイメージに充ちている。

いや、死と生の彼方、おまえが言った「魂の結合（スピリチュアル・ユニティー）」に充ちている。

川面に光が当たり、硝子をまいたように光っている。

その細かい光は、「魂の結合」から顕われ出てくるまだ胚の状態の神経のように見え、俺をまたひりつかせる。

これがマンハッタンだ。

死後にも安らぎなぞない。

このハドソン川が間もなく凍ると言う。俺に出来るのは、ただ寒さに震えながら、凍った川面をのぞき込むしかない。

ジャズから文学へ、文学からジャズへ

中上健次
小野好恵

ジャズと出会った頃

小野　中上さんはエッセイや対談などで、しばしば熱をこめてジャズ、とくにコルトレーンやマイルスについて語っていらっしゃるし、アルバート・アイラーに触発された『破壊せよ、とアイラーは言った』〔一九七九年八月刊〕という〝有名〟なエッセイ集もお持ちです。また最近では「熊野集」という、現在も「群像」誌上で連載中の連作短篇小説の中に、山下洋輔を登場させたりしている。

そういったことを考えあわせると、中上さんの内部で、ジャズがとても大きい部分を占めているような気がします。中上さんの文学にとって「ジャズとは何か」について、最初の出会いのころからまず話していただけませんか。

中上　ジャズを初めて耳にしたのは高校時代なんです。そのころ音楽をやりたいと思っていた。だけど、これは違う、やりたいんだけれど環境が違うんだという気がしてて、そういうときに初めてジャズという不思議なものを聴いたんです。それが最初の記憶です。

その後、高校の先生たちが単位だけはくれるというので、僕は卒業式も出ないで一九六五年に東京に来た。その日の夜、新宿に出て、高校の先輩が経営しているという"DIG《ディグ》"へ行った。そこでジャズを大きな音で初めて聴いて、言葉に言い表せない衝撃を受けたわけです。次の日にまた、一人で新宿へ出て、不思議な音のするほうへ歩いていって見つけたのが"ジャズ・ビレッジ"だった。その二日目から毎日、五年間というもの"ジャズ・ビレッジ"に通ってジャズを聴いた。だからこんなふうに思う、僕のジャズの聴き方と、とくに今の他の人たちのジャズの聴き方は違う、と。たとえば英語を勉強するときに、まず英語を意味などわからずともいいからシャワーのようにめいっぱい浴びてから、単語や意味や発音をさぐっていく方法があるが、さながらそれと同じように、訳がわからずにジャズを全身から浴びたんだ。だから、ライナーノートに書かれてあるようなことを知ったのは、ずいぶんあとになってからなんだよね。

小野　ジャズの場合には、お勉強としてテキストのこの段階から次の段階へ進むというのは、あまり意味がないというか、ジャズの発生を考えた場合、本来的にナンセンスな聴き方ですよね。

中上　確実にそうだと思う。シャワーとしてジャズを浴びながら、そのとき、自分のものの考え方が壊れていくというのがとても嬉しかった。紀州のド田舎から出てきた人間にとって、シャワーとしてジャズを浴びることは、自分がものすごく自由になっていくという感じと、ぶっ壊れていく感じが入り混じっているんだな。

小野　ジャズと出会うことで、それまでの自分が粉々にぶっ壊れてしまう、そしてその壊れてしまうアドレセンス体験を経ずには、ジャズというアナーキーな神話的空間には参入できないという、通過儀礼的なところが確実にありますね。

中上　今からその頃を振り返ってみれば、田舎者にとって、都市は熱いシャワーのようなジャズそのものであったし、さらにジャズを聴いて再度都市の深部に突入していく、ということだったんだろう。都市というのは、さながらジャズのように破壊的であり、同時に自分も世界も破壊する。

その頃すでに『破壊せよ、とアイラーは言った』に入っている初めての小説「赤い儀式」を書いて高校の文芸誌に発表していたし、「十八歳」という小説を発表の当てもなく持ってたんだ。そういうまだ定かならざる時代でね。読んでた小説はいろんなのがあるけど、ライトやエリスンの黒人の小説が多かった。黒人の小説を読んだ時代と、ジャズを最初に聴いた頃がいっしょだった。それともう一つ、その頃、十八ぐらいのときに絶えず思っていたのはジェイムズ・ジョイスだな。「ダブリン市民」から「ユリシーズ」に至る、何かぶっ壊れ方みたいなものが自分の似姿のような気がして、考えていた。

ジョイス、コルトレーン、アイラー

小野　ジャズと時を同じくしてジョイスに魅かれたということは、中上さんが執拗に追求しているテーマである地縁とか血縁とかいう問題が、すでにそのときからあったわけですか。ジョイスは言うまでもなくアイルランドですし、黒人のジャズはそのルーツから言っても、ラテンアメリカを媒介としてのアフリカとアメリカの葛藤の問題が本質的にありますね。「枯木灘」に至る中上さんのモチーフがすでにジャズへの接し方にあったわけですね。

中上　もちろんアイルランドというところの地縁、血縁、アフリカやアメリカの地縁、血縁、そして自分の生まれ育った路地の地縁、血縁という親近感がジャズに接する最初にあるけれど、それと同時に、ジャズを世界だと思って認識する、あるいはジャズによって世界を認識する、という、もっと具体であり同時に抽象である往還関係みたいなものだとそのとき思った。

小野　ジョイスに魅かれていたときは、ジャズでは誰に一番魅かれていたときですか。

中上　ジョイスということでは、僕の中でいつもコルトレーンですね。コルトレーンの軌跡みたいな、つまりどんどんぶっ壊れていくというものとしてジョイスを読んでいた。

その頃、僕らのときは、今流行っているフュージョンだとかっていうのはなくて、一番かっこいいなあと思って飛びついたのは、シャワーのように浴びたジャズの中のフリー・ジャズっていう部分だった。その一曲としてアイラーがあった。アイラーは、自分の感性みたいなものとすごく合うんだね。今、この時代にアイラーを感性として合うなんて奴がいたら、ずいぶんヘンテコな奴だよね。ところがその頃、アイラーの「スピリチュアル・ユニティー」がなければ、もう、朝に目が開かない気になる。そういう自分の状況だったね。

フィリップ・ソレルスの雑誌「カイエ」でのインタビューを読んだが、世界認識をジャズによってつくり上げるというのは、ものすごくよくわかる。ジャズそのものは決して固定したもんじゃないわけです。ジャズを組み立てるというのは、モダン・ジャズは特にそうなんだけど、ブルースから発生したジャズがモダン・ジャズとして出来上がった過程において、常に前に行かざるをえない。動かざるをえない構造になっていると思う。もちろん、その構造というものだけで捉えきれないし、記号論を使っても解析不可能というものがあるのはわかるが、とりあえず使う構造そのものが原因で動かざるをえない。弁証法的な構造の捉え方ではなしに、違う構造、たとえばそれを活性要素、非活性要素、反活性要素とでも言うなら、そんなものが幾つも入りくんだ束になって、構造をつくり、リズムやフレーズをぬけぬけと横断し、反復したりするという……。

小野　ジャズにはその表現構造の中に、絶えず壊していかなければどうにも先に進めないというような物語性が、いくつかありますよね。それは音楽的コードという宿命的制度でもあるし、また逆に、その制度から逃れようとして、アドリヴという私小説的コードの罠に陥ってしまう。ジャズが本質的にアドリヴを生命とする音楽である限り、こういう自家中毒的物語と常に闘っていかなければならないし、ジャズのこれまでの歴史は、まさしく物語との闘いの歴史とも言えますよね。

それからジャズの場合は、黒人対白人という問題が大きく絡んできますね。たとえばスイングの時代一九二〇年〜三〇年代にルイ・アームストロングとかデューク・エリントンとかフレッチャー・ヘンダーソンといった黒人が革新的なことをすると、即座に音楽教育を受けた白人が、これはいけそうだと、うまくコピーしてしまう。ベニー・グッドマンなんかに代表されるように、商業的成功は白人がもっていってしまうわけです。つまり商業的に収奪されていくわけです。

そうすると黒人の側は今度は、じゃ違う新しい、音楽的にも自立した破壊的なものをやってやろうというのが出てくる。それでチャーリー・パーカーみたいな天才児が出てきて、モダン・ジャズ（ビ・パップ革命）が出現するわけです。そうすると、またまた白人がそれをコピーして、クール・ジャズとかウエスト・コースト・ジャズなんてのが出てくる。もちろんコピーにとどまらず、オリジナリティを創っていく白人も何人かはいますけどね。で、ともかく、そういう現実的な収奪関係のようなものが、ジャズをダイナミックに発展させる弁証法にもなってるわけですね。

中上　その弁証法が確実にありますね。それは今もそうだと思う。

小野　で、いま隆盛を極めるクロスオーバー／フュージョンというのは白人主導型で、音楽的にはマイルスがやったことを白人がうまくコピーしてやってると言えるわけです。

中上　それを、さらに黄色い帝国主義が流している。

ジャズの構造そのものにある幾つもの束、無限の束の重なりが、収奪と奪取を反復するジャズ・シーンを変えさせる要因だろうし、聴く側をまた変化させていくわけですね。それから、ジャズっていうのは黒人たちの歴史がパックされてるわけでしょ。ジャズそのものは交通の産物であるわけです。アフリカから西インド諸島を経て、アメリカ、そしてヨーロッパとぶつかってという、そういう交通の産物としてジャズが成立したことに、その変化も原因するんだと思う。

また、ジャズは言語でもあるみたいな、そういうところにもつながっていると思う。これは僕の意見なんだけど、コルトレーンのようにコードにぶつかり、コードそのものを活性要素やエントロピーの束にしてジャズという言語から遠ざかろうとするのと、もう一つマイルスがやったように、エレクトリックを導入することによって、それで言語から遠ざかろうとするのが二つ、今あると思う。もちろん、吹きたいときに吹き、やりたいようにやればいいのは当然だけど、ジャズ＝言語ということを前提にするなら、コルトレーンが死んだあとで、もしジャズをやって生きつづけていこうとすれば、一つにはエレクトロニクスだと思うんだ。僕自身、シンセサイザーを今与えられたら、ものすごい面白いものだと思う。それは、また同時に収奪されるという過程があるんだけど。

一神教への問いと仏教的なものへの直面

小野　中上さんがおっしゃるように、コルトレーンとマイルスは、いまだに超えられないジャズの極点にそれぞれの方法論で到達したと思いますが、マイルスのコンボで一九五六年にコルトレーンが抜擢されて、三、四年は音楽的盟友だった二人が、六〇年代は非常に違った道程を進んでいきましたよね。

で、面白いというか興味深いのは、コルトレーンもマイルスも結局のところ、精神的にはオカルティズム的な多神教になってしまうわけです。二人は音楽的な方法は違うやり方をとったにもかかわらず、つまりコルトレーンは、フリー・ジャズの極限までやってぶっ壊れ、マイルスは逆に、白人のニュー・ロックのテクノロジーとアフリカン・リズムをマテリアルとして、彼流のポリフォニックなジャズ・ロックを演奏して、七〇年代の半ばぐらいまでマイルス独自の音楽を強力につくりあげましたね。

ジャズ表現の極限までサウンドを追求した二人が多神教に行きついたことは、常々中上さんがおっしゃっている、ラテンアメリカ文学の精神風土が多神教である、ということと通底する問題であるような気がしますが。

中上 コルトレーンの死んだときと、アイラーが死んだときというのは、それがジャズの歴史の中でどういう位置を占めようと、僕の中では確実に区切りとしてある。で、コルトレーンが死んだあとに何があったかを見ると、一つにはマイルスの方向であったんだ。マッコイ・タイナーをニューヨークとロスで聴いたんだけど、さながらビッグ・バンドのようだったね。これも、フリー・ジャズのフリーの意味を突きつめたやつが死んだあとにおいて、生き延びる方法なんだと思った。つまりジャズ＝言語というテーゼがあるわけだけど、それから遠くへ行こうと思ったら、一つには核がたくさんあるというように、さながらオーケストラのように組み立てて、こうなるんだと思ったね。ジャズそのものが含んでた多神教的な要素が今、マッコイ・タイナーにも露骨に現れてきてると思うんだ。今、その大きな兆候として南米や西インド諸島あたりのレゲエやサルサ、さらにサンバに対する関心をみんな持ってるんだけど、それもコルトレーンが死んだあとの一つの大きな方向であると思う。そして、関心そのものが資本に収奪されていくという世界そのもののシステム、そのことと、僕のラテンアメリカに対する異様な関心というものが、つながっていると思う。

もともと自分は仏教の国に生まれて、仏教的なものに関心があった。で、アイラーが死に、コルトレーンが「至上の愛」あたりから向かい合った神、というのが、俺にとって何なのかというと、それは仏教的なものだった。コルトレーンが死んで露呈したものを見つめて思うんだけど、自分の中で、そういう引き金は常に引かれていたと思うんだね。なぜ、一神教と多神教というのが問題になってくるのか。一神教というのは、つまり世界をおっているヨーロッパ中心主義であり、近代はそういう潮流とくっついている。それに対するアンチ神みたいなもの、それすらも駄目だ、それらも破壊しなくちゃいかんのだ、というところから俺は物を書いている。

ラテンアメリカ文学というのは、そういうところから一歩の距離なのですね。ラテンアメリカの文学というのは、ジャズがそうであるように、つまり多神教的であり多極構造であるということともう一つ、物語の構造そのものの中に活性要素、非活性要素、反活性要素等を持ち、ダイナミックに動いていかざるをえないようなものを持っているんですね。

ラテンアメリカ文学

小野　ジャズで言えば、アドリヴの部分とテーマの部分があるという感じですね。そういう、一つの曲というか演奏の中でのダイナミックスやドラマツルギーみたいなものが、ラテンアメリカの小説の中にはすごくあるようですね。

中上　そうです。その典型的なのが、ガブリエル・ガルシア＝マルケスの長短篇ですし、僕が一番多く読んでいるカルロス・フェンテスのたとえば「テラノストラ」にも、それは当てはまります。ラテンアメリカの文学は、人が本来持っている言葉を発したりするときにぶつけるもの、たとえばリズムとか速度とか、そういう特異なものを持っていて、それが、さまざまな異文化の中の言語とぶつかったときに生まれているんですね。ですから、土着の文学というのじゃないんです。ジャズがそうやって生まれて来たし、あらためて言えば僕の小説もそうです。

たとえば日本の近代百年をとってみても、ヨーロッパ中心主義とか、熟していく資本主義の中においても言語に浮上し難い部分があったんです。それはどこの国でもそうですが、制度になった文学、制度としての物語によって隠蔽されたものなんだ。たとえば、「源氏物語」は、古い物語のある部分を切り取って熟してくる。「源氏」も、過程においては、制度をつくるとかなんとかとは思ってないんだけど、結局において物語の制度をつくるわけです。

というのは、光源氏は、切り取られた王朝の世界で恋をしたりする。彼は女のところへ恋をしに出掛ける。ところが実際はそこに、盗人とかがいっぱいいるだろうし、牛馬もいるだろう、あるいは糞を踏みつけるかもしれないにもかかわらず、その部分を捨てているわけです。物語が制度としてまだ日が浅い頃、その部分は言わずもがなだったろうが、時代がたってみると、制度がその部分を不可視の領域に追い込む。それが「文学」が登場する近代になって、さらに隠蔽されてしまった。我々が持っている闇とか、もっと面白くなるような部分が隠蔽されている。僕の特に最近の小説では、物語が本来持っていたもの、本当は闇の力として突き動かしている部分みたいなものを、もっとはっきり出そうという具合にしてやっているな。それが、ラテンアメリカの文学なんかと共通するんです。もちろんジャズとも共通する。

いま一つ例をあげれば、今までは俗物を俗物として書く能力がみんななかった。この近代日本の知識人というのは、ヨーロッパを中心としてものを考え、アジア的なもの、アジア的な親族構造や慣習を遅れたものとして頭から考える人間なんだ。だから、それらを俗物として切り捨ててたんだけど、いま俗物の本来の、生きてることの面白さを次々と僕が発見していくみたいな気がするよ。

小野　批評のレベルで言えば、アラブ系ユダヤ人であるジャック・デリダが、これまでのヨーロッパの思想はプラトン以来ロゴス中心主義だとして、一神教的ヨーロッパを批判していますが、それとも通底していますね。

中上　そう、だからつまり共通の敵は、人間という世界をおおったもんだと、ジャズにとっても敵というのは人間なんだと、世界をおおっちゃっているイデオロギーなんだ、ということですね。

ジャズが俺にとってすべてを仲立ちするものだけど、ジャズが非常に変化するものを持っているということは、ジャズとはまた、差異によって成り立っているということなんだ。俺の小説も差異によって成り立っている。ラテンアメリカ文学もそうだ。単純に言うとそうなる。

自覚としての「暗黒大陸」

小野　さきほどソレルスの話がちょっと出てきましたけれど、彼はインタビューで、「ジャズと出会うことによって、自分が生まれ育ったフランスとかヨーロッパの社会組織や文化というものから、完全に断絶することができた……僕の冒険はそこに端を発している」と、ジャズがいかに自分に決定的な啓示を与えたか語っていましたが、興味深いことに、ソレルスの文学的軌跡は中上さんと共通点がいくつか見られますね。

彼は二十歳で「挑戦」というオーソドックスなスタイルの短篇を書いて注目されたあとで、六〇年代に入って以降、著しくスタイルを変えましたよね。クリステヴァという女性との出会いも加乗されるのでしょうが、問題意識がどんどんラジカルになって「ドラマ」そして「ロジック」と進みましたよね。それは中上さんの〝物語〟と〝制度〟という問題意識とパラレルといえるかもしれませんね。

中上　彼の場合悲しいことに、フランスという制度そのものがほとんど出来上がっちゃってる国に生まれたことですね。俺みたいじゃないんだよ。だって俺自身が、つまり日本というヨーロッパが発見したアフリカ＝暗黒大陸の産物であり、そしてまた俺自身が暗黒大陸である、という往還みたいなところが彼にはないのですね。

小野　それは「熊野」とか「紀州」というのが、日本の中での暗黒大陸というようなアナロジーでですか。

中上　それだけではなく、つまり、さっき言った自分が物語に向かいあって、物語を迎え撃つための最大の武器として〝哄笑〟とか〝嘲笑〟とか、盗人するときの昂ぶりとか、あるいは〝悪〟ということを言おうと思えば言えるし、俺が言っている「賤者の文学」の〝賤〟という意味でも言えるし、いろんな形で言える。そういうものを「暗黒大陸」と呼んでいるのだけれど、それは、俺自身はそこで生まれた、そこで作られたということの自覚なんです。で、それを導入することによって、ものすごく物語が変わるんだ。

それを言うと、たとえばコルトレーンがコードの壁にぶち当たって何かをしようとする、その発見の過程、つまりそれによって彼自身が加速されるみたいな、それによってジャズというある物語を破き、変化させるというようなことだ。それと同じように、俺の場合でも一人の主人公がいて、それが本当は天狗なんかいないのに天狗を見るとか、そうすることによって、小説はものすごく変化するのですね。それがコルトレーンがコードという問題にぶつかったときに武器にしたものと一緒だと思う。

山下洋輔への連帯感

小野　中上さんの最近の連作短篇「熊野集」の中で、山下洋輔の名前が具体的に出てきたりするわけですが、山下洋輔に惹かれるとか、気になるというようなところがあるわけですか。

中上　山下洋輔を自分の興味の対象として発見したのは、そんなに時間が経ってないんだけど、自分がたとえば「熊野集」の中で、小説の底を解剖するように批評を導入して物語を始めてみると、ジャズの山下洋輔が、この時代に生き残って業病を得ている一人として見えてきたんだ。あいつのジャズは、病の兆候がありありと出るんだ。熱風にやられているみたいなところが気にかかっちゃってね。

俺が、物語を可変する原動力は何なのかということを問い、とりあえず手さぐりで答えを出しながらテクストまがいの物語をつくっていくのと同じように、山下は山下で問い、疑い、発見してやっているんだ。これは熱風にやられ、病にかかった者の連帯感だな。俺がよくジャズを聴いていた六〇年代後半というのは、黒い肌の意味っていうか、〝黒〟を偏重しすぎるところがあったですね。そのことの意味ですよ。僕もそうですよ。で、山下がその頃から執念にかられて黒くなったわけじゃなくて、自分の中においてその黒の物語を発見しながら、同時にジャズの中においても発見していくっていうことですね。

小野　山下洋輔の場合、五〇年代後半にデビューして暫くは、オーソドックスな4ビートのジャズを渡辺貞夫や富樫雅彦と一緒にやっていて、それが実際の病気になったのがキッカケで、長期間リタイアするわけですね。病気療養中に「ブルー・ノート研究」を書いたときに、視えたこともあったらしい。それと、その直前ぐらいにコルトレーンの日本公演を聴いて、すごいショックを受けた。まあ、そういったことが引き金となって、全快以後は「デタラメやってもいいんじゃないか、俺たちは徹底的に自由にやっていいんじゃないか」と宣言してフリー・フォームのジャズに突入した。

それを、彼自身が必然と言ったかどうかはわかりませんが、それまで彼がやっていたオーソドックスなジャズの認識というのは、ヨーロッパ的な一神教的というか、ヨーロッパ近代合理主義的な理解でやっていたんだと思いますね。で、現在に至るまで持続している、ああいうアナーキーな演奏というのは、やはり中上さんが物語にもう一つ違うコンテキストを発見したのと通じると思うんですが……。

中上　だから彼の苦労、熱風にやられ、病にかかった苦しさがよくわかる。彼は音大なんか出て、楽譜なんか読めちゃってね、かわいそうに。それが結局、すごく苦しかったと思う。苦しくて、幸なのか不幸なのか、それが彼をジャズの内部でジャズを批評させていったんだね。つまりジャズ職人のように、あれこれいじくり回さざるをえないんだ。

今でも彼のジャズを耳にして、ときどき、山下は音大なんか出ちゃいかん、楽譜なんか読めちゃいけなかったんだ、と俺は思うんだよ。そう思いながら、音を解析する実にプラトン的に見えるほどの彼のひたむきな批評性とテクノクラートぶりを、俺はときに鼻先で笑うんだけど、しかし一枚のアルバムを聴き終わる頃には、アイラーなどとは違う凍ったような熱狂を俺は味わっているんだね。それが同時に彼を理論家にもしたし、彼が演奏の過程で物語の要素を発見するバネになったなと思う。つまり、ピアノならピアノという、どうしても制度化された音の中で音の新しい発見が課せられているから、凍った熱狂になるんだ。

小野　最近の演奏活動なんかを見ていますと、むしろそういう社会との二重構造のまま固定しちゃったという感じがします。一方で俺はこういう理論家で、もう一方ではジャズはそんなことをやる必要はないんだという、そういう二元論のまま安定してしまったような気もしますね。ドラムの森山威男やサックスの坂田明が抜けてからの山下トリオの演奏は、いい意味では成熟の域に達したと言えるのかもしれない。だけどサウンド的冒険とかスリリングさではボルテージが下がっているように感じます。また、山下個人のアート・アンサンブル・オヴ・シカゴとか、富樫雅彦との共演レコードを聴いても、同じ感じを持ちます。山下はかつてのように過激になってほしいですね。ようやく時代も、過激を欲するように変わりつつあるのだから。

フュージョンのようなジャズは憎む

中上　地球の至るところで変化が起こっていて、政変だって絶え間ないしね。そういうものが日本のまわりで次々に起こってくるし、日本も巻き込まれると思うよ。そういう事態が生じて当然というところ、八〇年代を見透せるところに来て、なんとなくうれしい感じが起こってくるんだよ（笑）。固着した物語だけが進行した七〇年代、今も日本じゃそうなんだけど、それがぶっ壊れる兆候というのは、みんな感じはじめているんじゃないか。

小野　時代がそういう物語の固定化を許さなくなってきていますしね。ジャズは、時代の動きを一番肉感的に最先端でとらえる超表層芸術だから、七〇年代は逆にだめな部分をヴィヴィッドに反映して、フュージョンみたいなふやけたものが隆盛したということですね。

中上　そうです。フュージョンなんて、つまんないね。

小野　八〇年代には、ジャズはどのように変わっていくんでしょうね。

中上　八〇年代はレコードの時代じゃないと思うんだ。レコードを買って家で聴いていたのが、もう一度、街頭に出ようということだと思う。別な兆候が出てくると思う。我々がシャワーのようにジャズを浴びたあとで、病のジャズが出てくるんだと思う。その一つが山下だな。

小野　振り返ってみると、七〇年代はレコード産業が頂点に達した時期でしたね。それは、ジャズの側つまり演奏表現の側からレコードを必要としたんじゃなくて、レコードという容れ物のほうから演奏を必要としていったので、ハード・ウェアとソフト・ウェアの関係が逆転しちゃったわけですよね。肥大化したレコード産業に包括されていったこと、それがジャズの本質的な面白さ、つまりスポンティニアスな部分をどんどん削りとっていった。だから本質的なことにこだわる連中というのは、そういうレコードとの関係を問い直すところからやるしかなかったと思いますね。

中上　やっぱり生の演奏を聴く機会が多くなるんじゃないの。

小野　レコードはあまり残されていないけれど、最近再評価されているサックス奏者の阿部薫なんかの生演奏は昔、聴きませんでしたか。

中上　聴いてない。残念だけど、借りたレコードだけだ。ああいう奴は途中で病のために死んだんだ。それでたぶん病のために復活するんだと思うね。

小野　阿部ほどラジカルに病んでた人間はいませんからね。山下なんかとは問題にならないくらいですよ。

中上　山下洋輔が議論になったけど、山下洋輔さえもレコードと生のイメージとは違うんだ。レコードの制度化は、コンサートのライヴ盤が出まわりはじめてからだよね。ジャズだってレコードで始まったというか、広く伝わったんだけれど、今はレコードをぶっ壊す必要があるね。

小野　山下とか阿部薫の場合、演奏時間がやたらと長いですね。長さの中に多神教的というか、いろんな方向性をはらんで、どんどん重層的に変わっていく演奏をしましたからね。だけど、レコードの中に封じ込めてしまうと、それが消えてしまいます。一つのテーマで、それこそ一神教的な物語に終始してしまいますね。

中上　山下と、他のナベサダ（渡辺貞夫）とかではジャズに対する心構えというのが違うと思うんだよね。ナベサダというのはBGMなんだよ。洋品屋やブティックに合うんだよね。ナベサダなど見ていると、ジャズをやっている、音楽をやっているというのではなく、商売をやっていると思うんだ。それこそ流行歌にだって、志というものはあるものですよ。チンドン屋にだって志はあるものだけど、ナベサダには商売はあっても、志というものがないんだね。

ところが、本来のジャズはBGMなんかになりっこないんだ。聴けばたちまちォッと耳をそば立たせ、耳をそば立てると同時に風景が異化される、それがジャズなんだよな。だけど、こうした僕の意見は偏向していると思ってほしいんだ。それもジャズの熱風にあおられて出来た僕の気質だろうけどね。

もう一度言うけど、ナベサダは嫌いなんだ。ナベサダに象徴されるフュージョンの連中はみんな嫌いだし、憎むんだよ。若い連中を毒していると思うのね。あいつがアメリカへ行って成功したといっても、それはツアー組んだ日本人の客ばかりがアメリカへ行ったということで、ピンク・レディーや五木ひろしのアメリカ公演と同じこと。まったく愚劣きわまりない。まさに大日本帝国の恥だよ（笑）。

小野　やはり、中上さんがジャズに魅かれるのは、はみ出す部分でしょう。もちろん、レコード等の制度からも、物語性からもはみ出してしまうもの——かつてコルトレーンやアイラーがそうであったような、フリー・ジャズというようなものですね。渡辺貞夫の場合は、逆なんですね。彼の音楽は、ただただ物語の中に組み入れていく。そして、その物語の横造はどんどん小さくなっていきますね。

中上　弟にドラマーの渡辺文男っていうのがいるでしょ。彼のほうがはるかにいいよ、あれは狂ってるよ。演奏はどうしようもなく下手だけどね。下手なんだけど、だんだん狂ってくるのね。埋もれている宝を抱えたままで、自覚してないんだけどね。音狂いの病気なんだよね。そういう奴はさ、だんだんもっと病気を露わにさせて、自分のジャズに病んだ姿を発見していくと思うな。

ジャズは時代とともにある。時代の過渡期みたいなときに、ジャズは問題になってくる。

それはしょうがないんだ、ジャズそのものが差異の産物だから。

小野　何をどういうふうにやったらいいか全然わからず、何も視えない渾沌とした時代には、むしろ、わからないからこそ逆にジャズをやるんだという開き直りが、ジャズをして歴史的に〝乱世の芸術〟たらしめてきたし、最初にアナーキーなパワーの炸裂があって、そこからベクトルというかフォルムが形づくられてくるのが、ジャズのアドリヴ的な本質であり、魅力でもありますね。

そういう構造をもつジャズというのは、本質的に破壊的でまがまがしいし、生理的にファシズムに近いともいえるし、世紀末的頽廃の毒に充ちた、すごくエロチックな芸術のような気がしますね。

中上　それはとても大きいことだと思うね。今の世界の文学者でちょっと質のいい連中なら、ジャズの影響を受けてない人間は、ほとんどいないんじゃないかな。二十世紀はそうだよね。

それで、ジャズはコードをいじったことによって、シュールレアリスムがやろうとしてついにあきらめたことを、すべて引き受けちゃったと思う。次に何が来るかってことが、シュールレアリスム以上の速度をもってやってしまった。二十世紀の問題が全部入っちゃってるね。

小野　ランボオあたりには、今だからそう見えるのかもしれませんが、言語を武器として、後にジャズが表現したことを先駆けたように思えますね。たとえば、ヨーロッパ批判から多神教的なものへの突入ということでもそうでしょうし。ランボオが言語によって、その極限まで暴力的な破壊作業を進めたわけですけど、そうした作業を音楽的に引き継いだのが、結局のところジャズなんだという気がしますね。彼の「イリュミナシオン」の中に、僕たちにはすぐれた音楽が必要だといったフレーズが出てくるけど、同じようなことをロートレアモンも書いているらしい。

で、ホラ話めいてしまいますが、ランボオでもロートレアモンでも、あるいは、思想においてはニーチェにしても、やはりジャズにつながっていくように思いますね。

中上　俺がさっき「暗黒大陸」って言ったことを簡単に言えば、ニーチェの「悲劇の誕生」ということと共通するんだ。つまり、コロスとソロの関係と言うべきか、そういうものを全部ジャズが引き継いじゃったってことだよ。俺自身、そういうものをことごとく引き継いで仕事してきたと思うし、これからもやって行きたい、さらに引き継ぎたい、自覚したいと思う。しかも、そういうことによって、小説を書くことに対しても、同時に官能的な喜びみたいなものを感じることができる。

それは一種、狂気と言うべきなんでしょうね。昨日、僕は紀州にいたんだけど、気の狂った五十歳ぐらいのオバさんがいてね、道路の脇に立って手信号をやっているんだよ。誰も見ていないんだ。一人で立ったきりでさ、三時間ぐらいたって僕が戻ると、まだ手信号やってんだ。たぶん、誰も止めなければ、それを一日中やってんだろうね。すごい体力がいると思うよ。ジャズだってそんなもんだよ、きっと。

（一九八一年）

付論　『破壊せよ、とアイラーは言った』解説

小野好恵

本書には、中上健次の「ＲＵＳＨ」と「破壊せよ、とアイラーは言った」の二篇の連載エッセイと高校時代に書かれた処女作品「赤い儀式」とが収められている。

「ＲＵＳＨ」は78年6月から12月にかけて、著者が「週刊プレイボーイ」誌に連載したアップ・トゥ・デイトな〝情況への発言〟であり、取り上げられている対象は矢沢永吉から成田の農民に憂国の右翼少年に至るまで異色の多彩さに充ちている。中上氏は雑誌の主読者である若者に向けて、まさにラッシュする激しさでメッセージを叩きつける。革命、暴力、ロック、レゲエ、演劇、映画、写真、レビュー、パンソリ、風土、クローン、ＳＦ、ニュー・ジャーナリズムそして文学とジャズという広範囲で多岐にわたる対象を相手に、彼はダイナミックで軽やかなフット・ワークでラッシュし続ける。その姿は、まるで往年のファイティング原田のようだ。

同時代の若者に対する、取材をもととしたエッセイとしては、かつて芥川賞受賞直後の

大江健三郎のものが記憶に残っているが、大江氏のルポした時代から二十年後の中上氏の「RUSH」は、はるかにダイナミックでかつ苦渋に満ちている。60年安保前後の大江氏が二十代で同世代の若者に対してアイデンティティや反撥を感じたような至福は、70年代後半の三十二歳の中上氏にはもはや見当らない。中上氏の「RUSH」は同時代に対する絶望的なまでの苛立ちと孤立感が主調底音として流れており、読む者に〝時代の困難さ〟をパセティックに感じさせる。辛うじて明るさが見えるのは、中上氏の他者に対する限りない優しさが溢れているからであり、それは生来の人柄に帰すべきものだろう。

60年安保に際して、大江氏が石原慎太郎氏や江藤淳氏らと〝若い日本の会〟を組織したことはよく知られている。その後、時代情況の変化に伴って彼らがどのように針路を変えていったかも既に知られた事実である。しかし、何がしかの正義を信じて自らの道を歩むことができた彼ら〝安保世代〟におくれて青春を迎えざるを得なかった世代の中上氏は、当然ながら組織や党派性に対する幻想は無縁のものだったはずだ。60年代後半、中上氏が与した新左翼（三派全学連）の過激な街頭行動は〝安保世代〟の信じることができた正義の解体行為としてあったとも言える。おそらく大江氏たちの世代には想像もつかないほどのデスペラードな心情とアナーキイな感性を、中上氏の世代は持たざるを得なかったのであり、まぎれもなく時代情況の厳しさがそれを強いたのだ。「RUSH」のなかで「とんがりつくした方がよい。否定し、破壊し、氾濫しつくした方がよい」と中上健次は言う。これは、あらゆる正義が解体した時代を身をもって感じとった世代の発言であり、60年代後半に青春を記した者の象徴的メッセージと言えるだろう。

＊

より若い世代に対するメッセージである「RUSH」に対して「破壊せよ、とアイラーは言った」〔79年3月〜7月連載〕は、中上氏が作家である自らに向けてのメッセージという性格を持つ。自らの感性を育んだ〈ジャズ〉という原点に立ち戻り、困難な時代に生きる現在の自分を照射し励ます声を聴く、という回想スタイルで書かれているが、このエッセイは同時にすぐれたジャズ論としても読むことができる。

＊

アメリカが生んだ今世紀を代表する表現芸術であるジャズが同時代の他芸術、特に文学に与えた影響は決して小さくない。本国はもとより、早くも20年代のヨーロッパにおいてジイドやコクトーがサティやストラビンスキーなどと共にジャズに狂ったのは歴史的エピソードであるが、さらにセリーヌ、サルトル、ボリス・ヴィアン、ミシェル・ビュトール、フィリップ・ソレルス、エンツェンスベルガーといった人々が続く。ヴィアンに至ってはジャズ奏者と作家の二足のわらじをはいたほどだった。その時代のジャズといえばスイングからチャーリー・パーカーの頃のビ・バップ（モダン）ジャズであり、現在から見れば古典的スタイルと言えるが、いかに同時代において光り輝き刺激的な表現であったかはフリオ・コルターサルの小説「追い求める男」につぶさに描かれている。カルロス・フェンテス・ホセ・ドノソといった作家たちもジャズの影響を隠していない。アメリカ、ヨーロッパからラテン・アメリカにいたる尖鋭な文学者たちを〈ジャズ〉は挑発し続けたのであり、日本でも例外ではなかった。石原慎太郎の「ファンキー・ジャンプ」大江健三郎の「日常生活の冒険」五木寛之の「さらばモスクワ愚連隊」そして筒井康隆の作品の数々は〈ジャズ〉の影響下に書かれたものであり、これに村上龍、村上春樹、立松和平などの若手も含めれば枚挙にいとまがないほどだ。しかし、中上健次ほど全面的にかつ本質的に〈ジャズ〉の影響を受けた作家は類を見ない。いや現在の時点で皆無とすら言えるだろう。

「破壊せよ、とアイラーは言った」は中上健次が、いかに〈ジャズ〉を本質的なレベルで理解しているかを語って余りあるエッセイであるが、それ以上に〈ジャズ〉が現在抱えこんでいる困難を、病理をものの見事にえぐり出している。いや、中上健次自身の病理がほとんど〈ジャズ〉と重なっていることを証明しているとすら言える。彼はこう書いている。

破壊せよ、なにもかも、根底から破壊せよ、とアイラーが耳そばでいつも言っていた。

革命や政治の波があの時代をつき動かしていたとは絶対に思わない。ましてや〝全共闘〟という革命運動や政治運動の風化現象、通俗化、大衆化の波によって、あの熱狂が起ったのでは決してない。むしろ、コルトレーンが踏みとどまりながら逆さにひっくり返そうとしたコード、そのコードを敵として全面的に対峙したアイラーの、その声が、引き起したと言った方がよい。

破壊せよ。

状況はますます不利になっている。あれほどあの時、露呈していたコードが、法・制度が今は隠蔽されてしまい、ジャズを聴く者に通俗化、風化を強いる。破壊せよ。何もかもためらう事なく破壊せよ。革命とはコードの破壊、法・制度の破壊の中にしかない。そのアイラーの毒の声は、デビスを聴く私の耳元にあり、エルヴィン・ジョーンズのドラムスの間から耳に届く。

（「毒のある声が響く」）

〈ジャズ〉をタームとして、これほどまでに時代の危機を見事に語ってみせた者が他にいるだろうか。「破壊せよ、とアイラーは言った」には〈ジャズ〉が持ちえた問題を、あらゆる角度から分析し、照明を当てようという中上氏の強力なモチーフが躍っている。ジャズ的に言うならばスイングしている。彼は「ランボーの詩の輝き、詩の断念、沈黙を、コルトレーンやアイラーのコードとの闘いと絡める事が出来る」と断言する。さらにコルトレーンとジェイムズ・ジョイスの類似性を語り、「つまり、ジョン・コルトレーンとは単なるジャズ・アーチストではなく、私には昔も今も文学の問題なのである。文学の事件と言い直した方がよいかもしれぬ」とまで言い切っている。

三十歳をこえた作家中上健次に、かくも激しい情熱を今だに惹起させる〈ジャズ〉とは一体何なのであろうか。いや正確に言えば、中上健次を刺激し続けて止まない〈フリー・ジャズ〉とは何だったのだろうか。ジャズ史的に言うならば、50年代の後半にオーネット・コールマンが創始したスタイル、従来のモダン・ジャズの形式やコードを破壊し、フリー・インプロヴィゼーションを全面に押し出したジャズであり、その後セシル・テーラー、エリック・ドルフィー、ジョン・コルトレーン、アルバート・アイラー、アーチー・シェップらが次々に加わり、卓絶したテクニックで各々の個性を展開させて60年代後半まで、ジャズ・シーンの最も強力な潮流を形成した黒人の前衛音楽という説明になるだろう。しかし、そんなことはどうでもよいことなのだ。コルトレーン、ドルフィー、アイラーという天才たちが、60年代に白人たちの正義を根底から叩き壊すような〈表現〉を楽器によって獲得したということが重要なことなのだ。チャーリー・パーカーによって代表されたモダン・ジャズは確かにすぐれた〈表現〉だった。しかし、その見事なモダニズムゆえに実存主義者のサルトルやビュトールに愛されたのだ。白人をあれだけ嫌悪したパーカーやマイルスがサルトルや取り巻きのボーヴォワールやジュリエット・グレコのサロンの一員として同席を許されたという事実はイロニーであり、同時にモダン・ジャズの限界を示していた。しかし〈フリー・ジャズ〉は白人たちのサロンを拒絶する音楽だった。高まる黒人暴動の激化と軌を一にして、白人世界への総反撃を感性のレベルでアジテイトした音楽だったのだ。後にジャック・デリダが〈ロゴス中心主義〉と激しく批判したヨーロッパの知の伝統に、音楽のレベルで〈フリー・ジャズ〉は襲いかかったのであり、それゆえに感性の極限地点までコルトレーンやドルフィーやアイラーは行かざるを得なかったのだ。ロゴスではなく感情をリズムを優先させること、あらゆる感情、ポリリックなリズムを全開させて、ヨーロッパ＝白人の知の体系を破壊すること、それが〈フリー・ジャズ〉が担った命題だったのだ。フランツ・ファノンやリロイ・ジョーンズが支持したのもそれ故だ。

人種差別から発した〈ジャズ〉という表現が、黒人暴動の最も激化した60年代後半に極限までラジカルに走ったのは時代の必然だった。そして、ドルフィー、コルトレーン、アイラーといった人々は情況に忠実に対応し、相次いで倒れた。そして現実の黒人暴動もほどなく火を消した。70年代から現在に至るアメリカの黒人たちのテイタラクを何と形容すればよいのだろうか。無力感に支配され、今や白人以上に資本制社会に毒された黒人ミュージシャンの商業主義を何と数多く私たちは見てしまったことだろう。〈ジャズ〉の70年代を語るのは辛い。後退戦の歴史に他ならないからだ。もし、あえて意味を見出そうとするならば、躊躇なくマイルス・デイヴィスをあげておこう。彼は初期においてはチャーリー・パーカーの同伴者であり、最もソフィストケートされたモダニストだった。クール・ジャズ、モード・ジャズといった洗練された形式はマイルス以外には考えられず、〈フリー・ジャズ〉登場以前の最も前衛的な表現を彼は常に担っていた。しかし、なぜかマイルスは〈フリー・ジャズ〉には与しなかった。60年代の彼は情況から意識的に距離を取り、自らの美学に没頭していた。あまりに明敏なマイルスにはラジカリズムの帰結が見えすぎていたのかも知れない。

マイルスが再登場するのは、かつての僚友コルトレーンの死の直後である。彼は、あろうことかロック・ビートとエレクトリック・サウンドを前面に押し出して事態の収拾に乗りだしたのだ。「マイルス・イン・ザ・スカイ」から「イン・ア・サイレントウェイ」に至る作品は、〈フリー・ジャズ〉の熱狂にまるで冷水を浴びせるかのように醒めきっていた。しかし、それはフェイントだったのだ。マイルスの真の狙いは、白人文化のロック・

ビートと電気楽器を徹底して相対化することにあった。70年に発表された「ビッチズ・ブリュー」はアフリカン・リズムをベースとしてロック・ビートとエレクトリック・サウンドが渾然一体となり、不気味なブードゥー的世界を形成している。コルトレーンやドルフィーやアイラーが表現したボルテージを損うことなく、巧みにその成果も取り入れて、マイルスは異なる方法論で戦線を継承してみせたのだった。情況との確執でなく、マイルスは〈アフリカ回帰〉というルーツ捜しの戦略を択んだのだ。〝ファラオの踊り〟〝サンクチュアリ〟などといった意味深い曲目が「ビッチズ・ブリュー」には収められている。マイルスがフォークナーの〝サンクチュアリ〟をどの程度意識していたかは詳らかでない。しかし、いずれにしても、マイルスが地縁・血縁の問題を〈フリー・ジャズ〉解体の間際に提出したという戦略は鮮やかだった。以後マイルスは75年に肉体的理由で引退するまで、たゆみなく彼流のコンテキストで〈物語〉を表現し続けた。70年代の困難な情況において、唯一人無人の野を走り続けたと言えるほど、彼の音楽はテンションに充ち呪術的空間を漲らせていた。

＊

マイルスの引退した75年、中上健次は「岬」を発表する。「岬」は言うまでもなく〝地縁・血縁への回帰〟の〈物語〉であり、以後の「枯木灘」から最近作「地の果て至上の時」へ至る端緒となった記念碑的作品である。かつて「灰色のコカコーラ」のなかで「ジャズをきけ。ジャズを。マイルス・デビスがいまこのぼくのためにトランペットを吹いている」と書いた彼が、奇妙な事に、マイルスの引退と時を同じくして〝回帰〟の戦略を択んだのだ。「岬」には〈ジャズ〉に関する記述は皆無である。しかし、この作品は全篇〈ジャズ〉が満ち溢れていると言ってよい。勿論ラジカリズムとしての〈フリー・ジャズ〉ではなく、もっと本質的で奥行の深い〈ジャズ〉が〈物語〉の隅々まで浸透していると感じられるのだ。コルトレーンやアイラーの〈フリー・ジャズ〉と共に生き、彼らの死に深い挫折感を味わった中上健次が、知ってか知らずか、マイルスの戦略を見事に受け継いだのだ。コルターサル、フェンテス、ソレルス、ビュトールといった同時代に生きる作家たちをはるかに超えて中上健次は〈ジャズ〉の困難さを共有していることを、おそらく〈ジャズ〉によって〈世界〉を感知した者ならば誰も疑わないだろう。〈フリー・ジャズ〉の死と再生の困難さを前世代の作家たちは誰も共有していないからだ。

ジャズとは出会うべくして出会った「必要」の産物だという事を分かってもらえるだろうか。ジャズとは私だ、そう言いたい。ジャズに内在する神、いや、あらゆるものいたるところに遍在しすべてのものに勝利するもの、それこそジャズの正体である。

（「アイラーの残したもの」）

中上健次が79年にいみじくもこう書いたとおり、彼は〈ジャズ〉の申し子であり、特に「岬」以降の作品はマイルスの仕事を〈言葉〉によって継承したと言えるだろう。〈物語〉のレベルで言うならば、81年にカムバックしたマイルスには、もはや往年のパワーはない。今年（83年）5月に来日したマイルスの公演及び4月に発表された新作「スター・ピープル」を聴く限り、中上健次の「地の果て至上の時」に及ぶものではない。マイルスと同じく83年の4月に発表した、この新作において中上健次は浜村龍造だけでなくマイルス・デイヴィスという父親をも殺してしまったのかも知れない。

小野好恵（おの・よしえ）　一九四七〜九六　ジャズ評論家
「ユリイカ」「カイエ」編集長を歴任。著書に『ジャズ最終章』（深夜叢書社）ほか

初出一覧（底本）

野生の青春（「スイングジャーナル」一九七七年五月臨時増刊／『夢の力』一九七九年二月、北洋社刊）／青春の新宿（『THE NEW 東京』一九七八年五月、読売新聞社刊／同前）／ジャズの日々（『ジャズ&ジャズ 5000』一九七七年六月、講談社刊／同前）／路上のジャズ（「Stereo」一九七七年一月号／同前）／ホワイト・オン・ザ・スノー（「サントリークォータリー」一九八七年四月号／『時代が終り、時代が始まる』一九八八年九月、福武書店刊）／ジャズ狂左派（『大阪読売新聞』一九八三年三月七日付夕刊／『風景の向こうへ』一九八三年七月、冬樹社刊）／鈴木翁二　ジャズビレ大学卒（『麦畑野原―鈴木翁二作品集』一九七八年一二月、而立書房刊／集英社版『中上健次全集14』）／二十代の履歴書（「GORO」一九七六年三月一一日号／同前）／ねじ曲がった魂（植草甚一・鍵谷幸信編『コルトレーンの世界』一九七八年一月、白水社刊／本書に初収録）／JAZZ（『文芸首都』一九六六年一二月号／集英社版『中上健次全集1』）／灰色のコカコーラ（『早稲田文学』一九七二年一二月号／同前）／「破壊せよ、とアイラーは言った」（『青春と読書』一九七九年三月号、五月号、七月号／集英社版『中上健次全集15』）／一回限りの楽天的なコルトレーン（「スイングジャーナル」一九七七年五月号／『夢の力』）／ジャズが聞えてくる（「週刊プレイボーイ」一九七八年七月一一日号／『破壊せよ、とアイラーは言った』一九七九年年八月刊、集英社刊）／アルバート・アイラーへの手紙（「ホットドッグプレス」一九八六年二月二五日号／『バッファロー・ソルジャー』一九八八年一〇月、福武書店刊）／ジャズから文学へ、文学からジャズへ（『音楽の手帖　ジャズ』一九八一年九月、青土社刊／『中上健次発言集成5』第三文明社刊）／『破壊せよ、とアイラーは言った』解説（同書、一九八三年九月刊、集英社文庫）

編集付記

一、本書は、著者のジャズと青春の日々をめぐるエッセイを独自に編集し、詩「JAZZ」、短篇小説「灰色のコカコーラ」、小野好恵によるインタビューおよび集英社文庫版『破壊せよ、とアイラーは言った』解説を併せて収録したものである。中公文庫オリジナル。

一、集英社版『中上健次全集』（一九九五―九六年）収録の作品はそれを、未収録の作品は著者の単行本を底本とした。「ねじ曲がった魂」は著者の単行本・全集に未収録であるため初出に拠った。個々の作品の底本については初出一覧とともに明記した。底本中、明らかな誤植と思われる箇所は訂正した。固有名詞の表記にゆれがみられるが、底本を尊重し画一的に統一はしなかった。「一回限りの楽天的なコルトレーン」については初出誌にあたりサブタイトルを付した。

一、本書には、今日の人権意識に照らして不適切な語句や表現が見受けられるが、著者が故人であること、執筆当時の時代背景と作品の文化的価値を鑑みて、底本のままとした。

中公文庫

路《ろ》上《じょう》のジャズ

2016年7月25日　初版発行

著　者　中《なか》上《がみ》 健《けん》次《じ》

発行者　大橋 善光

発行所　中央公論新社
〒100-8152　東京都千代田区大手町1-7-1
電話　販売 03-5299-1730　編集 03-5299-1890
URL http://www.chuko.co.jp/

ＤＴＰ　嵐下英治
印　刷　三晃印刷
製　本　小泉製本

Published by CHUOKORON-SHINSHA, INC.
Printed in Japan　ISBN978-4-12-206270-2 C1195

中公文庫既刊より

い-87-4
夜の果てへの旅（上）
セリーヌ
生田耕作 訳
全世界の欺瞞を呪詛し、その糾弾に生涯を賭け各地を遍歴し、ついに絶望的な闘いに傷つき倒れた〈呪われた作家〉セリーヌの自伝的小説。一部改訳の決定版。
204304-6

い-87-5
夜の果てへの旅（下）
セリーヌ
生田耕作 訳
人生嫌悪の果てしない旅を続ける主人公の痛ましい人間性を描き、「かつて人間の口から放たれた最も激烈な、最も忍び難い叫び」と評される現代文学の傑作。
204305-3

ニ-2-1
ツァラトゥストラ
ニーチェ
手塚富雄 訳
歴史の曲り角にはニーチェがあらわれる。人間性の回復を終生の主題とした詩人哲学者の雄渾な思想は、最高の訳者を得て、ここに生き生きと甦る。
200010-0

し-9-2
サド侯爵の生涯
澁澤 龍彥
無理解と偏見に満ちたサド解釈に対決してその全貌を捉えたサド文学評論決定版。この本をぬきにしてサドを語ることは出来ない。〈解説〉出口裕弘
201030-7

し-9-7
三島由紀夫おぼえがき
澁澤 龍彥
絶対と相対、生と死、精神と肉体――様々な観念を表裏一体とする激しい二元論に生きた天才三島由紀夫。親しくそして本質的な理解者による論考。
201377-3

み-9-6
太陽と鉄
三島由紀夫
三島ミスチシズムの精髄を明かす表題作。作家として自立するまでを語る「私の遍歴時代」。三島文学の本質を明かす自伝的作品二篇。〈解説〉佐伯彰一
201468-8

お-41-2
死者の書・身毒丸《しんとくまる》
折口 信夫
古墳の闇から復活した大津皇子の魂と藤原郎女との交感を描く名作と「山越しの阿弥陀像の画因」。高安長者伝説から起草した「身毒丸」。〈解説〉川村二郎
203442-6

各書目の下段の数字はISBNコードです。978－4－12が省略してあります。